U0458515

中国创造故事丛书

李炳银 主编

吉祥天路

见证青藏铁路修筑奇迹

徐 剑 著

河南文艺出版社

·郑州·

图书在版编目（CIP）数据

吉祥天路:见证青藏铁路修筑奇迹/徐剑著. —郑州:河南文艺出版社,2017.11(2018.8 重印)

（中国创造故事丛书/李炳银主编）

ISBN 978-7-5559-0609-4

Ⅰ.①吉…　　Ⅱ.①徐…　　Ⅲ.①报告文学–中国–当代　Ⅳ.①I25

中国版本图书馆 CIP 数据核字（2017）第 260467 号

出版发行　河南文艺出版社
本社地址　郑州市鑫苑路 18 号 11 栋
邮政编码　450011
售书热线　0371–65379196
承印单位　河南瑞之光印刷股份有限公司
经销单位　新华书店
开　　本　700 毫米×1000 毫米　1/16
印　　张　14
字　　数　180 000
版　　次　2017 年 11 月第 1 版
印　　次　2018 年 8 月第 2 次印刷
定　　价　39.00 元

版权所有　盗版必究
图书如有印装错误,请寄回印厂调换。
印厂地址　河南省武陟县产业集聚区东区（詹店镇）泰安路
邮政编码　454950　　电话　0391–2527860

"中国创造故事丛书"总序

李炳银

人类社会的历史，一直伴随着对客观世界的认识和自然规律的理解。这一过程，就是科学开始和不断融合于社会生活实际的过程，也就是人类科学技术日渐发展更新的道路。

习近平总书记指出，历史证明，谁牵住了科技创新这个牛鼻子，谁走好了科技创新这步先手棋，谁就能占领先机、赢得优势。长久以来，国际范围内的竞争，综合国力的竞争，其关键是科学技术的竞争，科技进步和创新是增强综合国力的决定性因素，对经济和社会发展具有先导性、全局性的意义，增强创新能力关系到中华民族的兴衰存亡。发展教育与科学，是文化建设的基础性工程，是推动经济和社会发展的决定性因素，加强科学技术创新和教育创新，有助于发展教育。创新是一个民族的灵魂，是一个国家兴旺发达的不竭动力。

中国曾经是一个科技文明发达的国家，拥有灿烂的文化和丰富的科技创造成果。后来因为长久相对恒定僵化的社会制度，再加上自我禁锢和故步自封，到了近现代，在科学技术领域明显落后于西方国家，结果遭受西方列强铁船火炮的凌辱。后来有人"睁开眼睛看世界"，提出了"以夷治夷"，开展"洋务运动"等主张，都是在感受到科技落后的基点上的自醒与奋起。中华人民共和国建立之后，国家独立，科技进步，日新月异。特别是自20世纪后期开始的改革开放以来，科技是第一生产力的观念得到确认，科学发展的自觉和行动愈加坚定，科技体制改革在加快，科技创新的成果不断地涌现出来，令人振奋和自豪，也让国家的尊严和综合实力获得很大提高。如今，科学技术不断更新换代，中国已经在不少科技项目中站在了世界的前列，令人至为高兴和振奋。因此，热情走近像青藏铁路建设、杂交水稻品种培育、高速铁路、航天科技、海洋深潜、超级运算、大飞机制造等这些立足于自主创新基础上的，表现了中国人独特的科技创造精神，并领先世界的科技成果项目，感受和理解中国科学家的科学思想、科学精神、科学创新、科学担当、科学情怀等丰富的内容，向科技创新致敬，就应该成为文学表达的优先选择。这也正是"中国创造故事丛书"策划、组织和书写、出版的初衷所在。

"中国创造故事丛书"以报告文学的形式，向读者真实展现我国近些年来的重大科技成果和高科技领域许多优秀人物的动人故事，目的在于提高对科技创新活动的认识和主动参与的自觉，推动中国全社会，特别是青少年形成学科学、爱科学的良好氛围。高科技成果的不断涌现，是中国国家力量和民族智慧创新精神的表现，真实生动地给予文学呈现，在增强民族自信心，增进爱国主义精神和普及科技知识的同时，积极弘扬科学精神，提升全社会创新发展意识水平，实现中华民族伟大复兴的中国梦，具有非常重要的现实意义。

参与这套丛书写作的作家，都是活跃于当今中国报告文学创作领域的骨干力量。他们不尚空谈，也没有无视和躲避现实社会生活的巨大改变，他们热情地抵近社会生活的前沿，在很多伟大的科技创造现场，在很多动人的科学人物故事中，在很多振奋人心的科技创新技术面前，在很多足以提振国人自豪骄傲的伟大创造成果获得中，很好地表现了文学家的热情，表现了文学对科学的致敬。如果说，提高全民科学素质，普及科学知识，弘扬科学精神，传播科学思想，倡导科学方法是科技工作者义不容辞的责任的话，那么，这套丛书的写作和出版，也是作家通过真实艺术表达的特殊方式参加科学推广和普及的一种表现，相信会产生积极的社会影响。

感谢所有参与这套丛书的作家和出版人士。

2017 年 7 月 26 日

目录

引子　第一张进藏列车票

我正向苍莽青藏的终点站——日光城拉萨驶去。

不过，此刻我不是坐在驶向西藏的第一趟列车上，而是在走向圣城的青藏铁路的文学之旅上。

北纬 30 度，这片人类最后的秘境，这块只属于太阳与月亮山神的雪域边地，总是有许许多多无法破译的地理之谜、风情之谜、宗教之谜、历史之谜。走向青藏，其实就是冥冥之中走近一种宗教，一份虔诚，一个境界，一片诱惑，一段前尘。

我一直被这种前尘的缘定诱惑着，今夜依然如此。我没有觉得自己身在京城，而是沐浴在万里寒山的冷月里。

这是一种宿命，一种属于西藏的历史宿命。

记得 2002 年 9 月 13 日，我就是在与今晚一样的秋风明月之夜，手执一张列车票、一张中国作家协会与铁道部联袂发给我的书写国家重点工程的通行证，登上了西行的列车，从北京的零公里出发，开始了历时四载的青藏铁路的采访与写作。也是从这一天起，我感情的触点、耕耘的犁铧，就一刻也没有离开这片苍茫雪域。从 9 月 13 日进入采访，一直到 10 月中旬从拉萨回到北京，我将手中采访的素材暂时搁了下来，因为青藏铁路从

吉祥天路：见证青藏铁路修筑奇迹

破土动工到全线铺通，需历时四载，到正式运营，则需六载，我只有等待，唯有等待，在一种遥望青藏、仰望昆仑、仰望唐古拉的等待中，等待青藏铁路所有的参与者创造出一部与巍巍昆仑一样雄浑和悲壮的大作，然后，再用古老的方块字将其记载下来，刻成碑碣般的文字，镶嵌在地球隆起的城墙之上。

就在远远仰望的等待中，我仿佛过着一种云上的日子，四年之间，写的都是关于西藏的天书。

我本可以转身离去，但我还是留了下来，为自己，为魂丢在了那里的莽荡芫野，为一个永远无法了结的西藏情缘，更为了青藏铁路那些不为人知的普普通通劳动者，历时数月莽原写作，终于走出无人区，在一个夏夜最后杀青。没有任何刻意，采访的时间与写作终止的时间竟如此契合，仅仅是因为我前定的西藏宿命。

人世间有许多事情是无法理喻的，可是唯独在西藏这片土地上，就可以找到注脚，可以用前尘的约定来诠释。

20 世纪 90 年代的第一个夏天，我随西藏自治区第一书记阴法唐老人第一次去西藏，由青藏公路入藏，从格尔木出发的日子是 1990 年 7 月 19 日早晨 5 点半，我作为替代秘书，就与阴法唐中将和夫人李国柱同坐一辆车，穿越极地。十四年后的 2004 年 9 月 30 日，我独自一人在格尔木采访青藏铁路，八十三岁的阴法唐老人和夫人李国柱带着两个女儿进藏参加江孜抗英百年纪念活动，最后一次走青藏公路，为的是看一看他奔走了二十多年的青藏铁路。令我惊愕的是，并非刻意安排，也没有事先约定，接待更属于两个单位，可我却与他们一家同住到了格尔木金轮宾馆的同一层楼上，相隔不到五个房间。翌日拂晓时分，我起床为老人上山送行，合影留念时，昆仑山上的圆月，恰好照在我命运的头顶之上。

又见昆仑月圆，两年采访两度中秋，我都是在昆仑山下度过的，却是一夜无眠。

第一个昆仑山的中秋之夜，是因为三上昆仑，雪落空山，路断，车阻，人未逾，傍晚重返格尔木市。在这离天最近的地方，以茶代酒，举杯邀月。与秦时月、汉时月，还有唐时月，与那些埋骨关河、魂扔朝圣天路的忠魂，共一个今古之夜。

再一个中秋之夜，我入中铁一局铺轨基地采访。窗外，中秋月圆联欢晚会已开始载歌载舞，而我对面却坐着四位女工，依次在讲自己上青藏高原的故事，每个人都讲得涕泪涟涟，其他人陪着在哭，我也不时拭泪。她们都是年轻的母亲，孩子还小，夫妻双双上青藏，将孩子扔给了老人照看。我说，中秋月圆时，该给家人打电话啊，你们怎么不打啊。她们说中午就打过了。我怔然，此时月圆不打，为何提前到中午打电话，月亮还未出来啊。女工说，若此时打，孩子和老人在那头哭，我们在这头哭，还不千里明月一家泪洒昆仑啊。千山有月千山圆，为了雪域天路，万家皆圆，独我不圆。一位女工说，中午给女儿打电话，中秋祝福时，女儿在电话那边边说边唱，边唱边哭：妈妈，妈妈，我爱你，就像老鼠爱大米。至此，我的喉咙也一阵哽咽，男儿之泪跟着四位女工簌簌而下。

月洒昆仑雪，天上宫阙，人间苍生。此刻，我离天宫最近，那轮昆仑山上的中秋月，又圆又低，我欲摘下来再赠人间，却手握一把苍凉月水，蓦然间，芃野无风，十面凄寂，戈壁如海，明月照映你和我，情何以堪？！我陪着四位轨排航吊上的女工流尽最后一滴乡愁的泪水，也洗却了我的最后一点轻狂和浅薄。风花雪月，红尘诱惑，在这横空出世的苍莽昆仑之前，就显得渺小和矫情，尽管我的书写不会再伪抒情，但是，我却记下了今夜的感动——只有走过青藏高原的人，才会有这种特殊的感动。

这一年晚秋的一个黄昏，我又一次气沉丹田地坐到电脑前，在电子界面上，敲下了第一行字。人行走在文学旅途上，灵魂依然踽踽独行于大荒。这部书其实是我专业写作生涯中最艰难的一次远行，不仅仅因为采访的艰辛，多数的采访都是在大脑缺氧迟钝的地方进行的，前前后后采访了三百多人，混沌地记下了厚厚的五大本笔记本。等这些采访本将最终合上的时候，我一直对自己写作的激情、才情差点在青藏铁路线折戟沉沙而记忆犹新。然而就像登顶雪山一样，谁能坚持到最后，谁就能最终登顶，笑到最后。

终章的音符，已在我孤独的周遭戛然落下，沉睡的十里长街上，又碾过车轮的轰鸣，划破了秋夜的静寂，可是今夜我没有睡去，冷山千重唯我独行，仍然在走向圣城的途中。

我总也忘却不了当雄草原上一个叫乌马塘的地方，往下行数公里，矗立着八座经塔，已在岁月的雪风中矗立了千百年。我三次从它身边匆匆掠过，三次停车下来拜谒。西方不少冒险家历尽九九八十一难，到了这八座经塔前，被噶厦政府的藏兵给堵了回去，一位荷兰传教士的妻子甚至将婴儿生在这里，埋在了这里。我曾悄然拾起一面印有经文的最古老的祈祷幡带回北京，静藏于室；我亦悄然地捡了块刻成六字真言的玛尼石，迢迢万里带到云南，敬赠给妈妈，却被她送到寺庙里，祈祷今生今世的平安。

然而，等我 2004 年第三次路过经塔时，却意外地发现，八座经塔轰然坍塌了一座，这意味着什么，又昭告着什么呢?! 我说不清楚。没有答案，神秘之境似乎许多事情都无答，无言亦无语。一缕雪风吹过，风吹无尘，往事随风而逝，唯有现在。

无语上天堂，却有一双慧眼注视万千众生。从九子纳的经塔再往下走，却是当雄草原上最大的一个经幡群，它背后仰躺着念青唐古拉主峰，恰似女神，肆无忌惮地躺在那里，偶尔美丽的身段会被雪雾涌起，披上厚厚的云裳。但是如若心诚，如若与山神有缘，你便会在云雾缭绕之中偶然仰望见横卧在山巅上的女神，其颜值指数之高，让天下进藏的朝圣客激动不已、膜拜不已。

经幡迎风飘荡，经幡如魂。我就是这样，行进在文学之旅上，一步一膜拜地走向圣城拉萨。

第一章　朝辞京城秋风起

世界中央的须弥山呀，

请你坚定地耸立着，

日月绕着你转，

绝不想走错轨道。

——六世达赖喇嘛仓央嘉措情歌

睿眸一览喜马拉雅之小

北京西四大拐棒胡同，在阴法唐老人家里，我第一次听到"青藏铁路"四个字，第一次听说它的终点站在达旺，即六世达赖喇嘛仓央嘉措的故乡，我的神色一片讶然，喃喃自语，怎么可能啊！

"是这样的。"老人极其和善，身上一点也没有想象之中封疆大吏的威严，他轻松地笑着对我说，却让人无法怀疑。

那是 20 世纪 90 年代一个春日。春阳西斜，拂照在燕岭上，亦从玻璃窗映射进来，照在客厅里。老人目视远方，神思似乎又飘向了西藏。"这是一个世界级的工程，也是一个世纪梦想，本世纪三位伟人孙中山、毛泽东、邓小平，都想在青藏高原上留下历史的大手笔，青藏铁路曾经三上三下，我到现在仍在不断呼吁。"

"中山先生也曾想修进藏铁路？"我第一次听说这个闻所未闻的信息。

"当然，已经写进《建国方略》，你没有读过吗？"

我摇了摇头："第一次听说！"

话题一触及西藏，阴法唐老人就来了情绪："知道中山先生世纪之初设想过的进藏铁路的终点站吗？"

"那还用说，拉萨呗！"我自作聪明地回答。

"错了！"阴法唐微笑道，"往南，从拉萨过雅鲁藏布江，经山南，过错那县，直抵喜马拉雅山南坡的达旺，就是六世达赖喇嘛仓央嘉措的故乡。往北，跨越冈底斯山，直抵阿里首府狮泉河。"

"啊！如此宏伟。"我惊叹不已。

"是啊！"阴法唐击节叹道，"孙中山先生在 20 世纪之初有两大梦想，一个是修建三峡水库，一个是进藏铁路，尽管写进了《建国方略》，画到了地图上，但梦想毕竟是梦想，百年之后，唯有共产党能够做到。三峡水库如今已立项上马了，高峡出平湖的胜景指日可待，我敢断言，修建进藏铁路已为期不远。

"关于进藏铁路的设想，源起于民国初年。彼时，孙中山出任民国临时大总统不久，河南项城袁氏拥兵自重，以为有枪就是草头王，必可取而代之，果然，袁氏当国。中山先生从此失业了，环顾京畿庙堂，却没有适合自己的位置。罢了，罢了！想挥挥手挂冠而去，又于心不甘。寂寞苦争春，一夜长考后，便认领了民国政府铁路督办的虚位，在一张白纸上开始画中国铁路的大饼。在那个故都之秋，他面对中外记者，侃侃而谈，抛出在神州大地修建二十万公里铁路的雄伟蓝图，进藏与进疆铁路都纳入他的视线之内。其中，这条世界上海拔最高的铁路线，向西，越古象雄王国，最后一站可到阿里；向南，越过喜马拉雅山麓，直至六世达赖喇嘛故乡达旺。"

1973 年 12 月，北京的冬天很冷。

一场冬雪落下，覆盖了故宫、景山和紫禁城的琉璃黄瓦，也无声地落到了中南海的游泳池里。

雪后初晴，一地苍凉，映入中南海游泳池旁毛泽东主席的书房。主席坐在沙发上，等待迎接尼泊尔国王比兰德拉。

身材魁梧彪悍、戴着船形帽的年轻国王跨进门槛，虎虎生威地走了进来，曾经气吞山河的毛泽东的睿眸里充满老者的慈祥，他紧紧握着年轻国王的手。比兰德拉首先真诚地感谢了毛主席帮助尼泊尔修筑了从聂拉木到加德满都的中尼公路，然后表示，就扩大两国贸易而言，这条路仍无法承受，比如将中国青海湖的盐还有铁运往尼泊尔，太远了，汽车运量不够。毛泽东长长地吸了一口烟，将睿眸投向了遥远的西藏，说那就修一条进藏铁路，跨越喜马拉雅山！

中国北方的冬日残阳如血，没有夏日的炽热和猛烈，悄然沉落到了燕岭之中，在天空中留下一片烟叶般的枯黄。送走了比兰德拉国王，毛泽东累了，护士连忙扶他回去休息。

壮士虽已暮年，但仍一言九鼎。就在毛泽东与比兰德拉谈话二十多天后，国家建委召开了关于高原、冻土和盐湖的科研会，并责成中国科学院具体分管这项工作。随后国家建委将落实毛泽东指示、上马青藏铁路的报告呈报党中央和国务院，白纸黑字地写道：1974 年年内开工，1983 年或 1985 年完成。工期为 10 年之久。

其时，躺在 305 医院病榻上的周恩来总理仍然日理万机。秘书将毛泽东主席与尼泊尔国王的谈话记录呈上来了，一摞文件里还有国家建委建议上马青藏铁路的报告。周总理戴上老花镜，忍着病灶的痛楚，一一展读。在此之前，身染沉疴的总理长叹道，从孙中山的梦想迄今为止，半个多世纪过去了，铁路未修进拉萨，我们共产党人有愧啊。因此一向谨慎的周恩来大笔一挥：争取 1980 年通车，最晚不能晚过 1982 年。

梦幻离现实一步步近了。"文革"后期复出，刚刚恢复副总理职务的邓小平，对青藏铁路的上马极为关注，多次做出批示，要尽快论证，争取早日上马。

当时，叶剑英元帅主持中央军委工作，他知道当年在朝鲜战场上铁道兵屡建奇功，建起了炸不断的铁路运输线。因此，他给铁道兵司令员和政委打电话，铁道兵要尽快上青藏高原去。

叶帅一声令下，1974 年 4 月，铁十师打前站的副师长姜培敏带着先遣组到达了封闭多年的德令哈到关角隧道。随后铁七师也上来了，承揽了从莲湖往西，直抵格尔木南山口的地域。

风萧萧兮高原寒，第三次上马的青藏铁路一期的终点站，就在横空出世的莽昆仑脚下。

这一天姗姗来迟了，但是并不晚。

北戴河，有一位老人掐指算青藏铁路造价

20 世纪 80 年代末，原第二野战军的老人要写一部书，是献给他们的老首长邓小平的，书名取为《二十八年间——从师政委到总书记》，分给

阴法唐老人一个题目，是关于青藏铁路的。那天，阴法唐老人将我召至他家，谈他与邓政委之间的故事。

我以为阴法唐老人与邓小平职务悬殊，接触的故事不多。

"年轻时是这样。我只是邓政委麾下的一个团长，"阴法唐款款讲述着他与邓小平之间的故事，"但是他知道我。"

后来我了解到，老人家真的是谦卑了，邓小平对他岂止是知道。

当年刘邓大军千里跃进大别山，阴法唐是刘邓首长领导下的第1纵队20旅的一个团长。在鲁西动员的时候，邓小平站在地图前，讲刘邓大军要将重装备扔掉，越过黄泛区，千里跃进大别山，犹如一把尖刀插入南京国民政府的背部。同时，也将各种困难预见到了，邓小平说那里不是老区，生存下来非常困难，外有国民党军队重兵围剿，内则粮秣供给不足。果然进入大别山后，一切艰难险阻，都被说中了。于是，刘邓首长决定由刘伯承司令员和中原局迁回出大别山，牵制敌人。阴法唐所在的20旅作为刘司令的卫戍部队，暂时告别大别山。临走的那天，邓小平再度动员并下了死命令：如果刘司令员有一点闪失，便拿20旅是问。

后来，果然发生了一场虚惊。1947年冬天，阴法唐随20旅旅长吴忠，跟着刘伯承从大别山回师豫皖苏根据地，警卫刘司令和中原局机关。在向北开进途中，冤家路窄，又一次与胡琏整编11师不期而遇，敌我之间相互拦腰截断，敌中有我，我中有敌。面对数倍于己之敌，第1纵队司令员杨勇立即命令部队一字排开，成宽大正面，向北、向西轻装跑步，快速前进，不惜一切代价将陷于重围中的刘伯承和中原局领导接出来。

消息传到大别山，邓小平说20旅的59团功不可没。而59团的团长恰好是阴法唐。

阴法唐作为当时二野的一位中级军官，在大西南追击战中，更让刘邓首长眼睛遽然一亮。当时，他率一个团两个营的兵力1200多人，追击国民党中央军一代名将宋希濂军团残部3万余人，溯大渡河而上，在河两岸穿插迂回，终于将宋希濂军团赶进了大渡河，全军覆灭。邓小平听了后，击节叹道：阴法唐这一仗打得好。

最给老首长长脸的事情是1962年，当了十年西藏江孜分工委（后改为地委）书记的阴法唐重披战袍，亲赴前线，担任419部队前线指挥部政委，指挥一个师吃掉了印军第7旅，活捉印军准将旅长达尔维。消息在北京传开了，说一个地委书记指挥打了一场大胜仗。

邓小平问，那个地委书记是谁？别人告诉他，阴法唐。他说我知道，是原18军52师（1949年由中原野战军第1纵队20旅改编而成）的副政委。

1980年初春，阴法唐被中央任命为中共西藏自治区党委第一书记。

阴法唐夫妇在风火山隧道口

阴法唐第一次单独给邓小平汇报工作是在1983年7月下旬的一天，在北戴河，而且谈的就是青藏铁路。

那天午休起床后的邓小平坐在别墅的阳台上，远眺秦皇岛，滔滔汪洋，波澜壮阔。大海的深沉，似乎与中国改革开放总设计师的胸襟交相辉映。他吸着烟，静静地看着大海深处，思考着中国的航船驶向何方。这时，秘书轻轻走过来告诉他，上午政法委书记彭真处打来一个电话，说西藏自治区党委第一书记阴法唐想来拜访。邓小平点了点头。

秘书多少有点错愕。领导日理万机，到北戴河夏休办公仍然日理万机，每天工作到很晚。此时，已经是下午下水时间了，他却要与一位自治区党委第一书记谈话，似不多见。

没过多久，阴法唐到了。小轿车在邓小平的住处前戛然停下。在西藏任职已三年有余的老部下跨出车门，在邓办秘书的引领下，往会客厅走去。刚刚落座，邓小平便从书房走了出来，阴法唐连忙站起身，走了过去。依然是过去的老部下对二野刘邓首长的称呼："邓政委好！"邓小平微笑着让阴法唐坐下谈。

阴法唐汇报说："最近三年来，我们认真落实十一届三中全会以来的政策，西藏发生了很大变化，人均年收入由改革开放之初的一百多元增加到了二百多元。落实政策、平反冤假错案也取得了新的进展，上层和统战人士的心安了、气顺了，离心倾向大大削弱。"

邓小平不时点头，很少插话，睿智的眼神却鼓励阴法唐说下去。

阴法唐接着谈了许多西藏地区的事情。西斜的太阳渐次泻进会客厅，不知不觉中，一个小时过去了。阴法唐怕影响领导下海游泳，欲起身告辞，没有想到邓小平突然问他进藏铁路应该走哪条线。

阴法唐一怔，他知道中央已属意滇藏线了，但是三年自治区党委第一书记的在任和走遍西藏的经历，使他对西藏地理环境有了深刻了解，他说："还是走青藏线好。"

紧接着，邓小平就提出了他所关注的盐湖问题。

阴法唐笑着说："早已经过了盐湖，铁道兵的两个师在1978年就将青藏铁路一期西格段修到了格尔木，铁路已经抵达昆仑山下了。现在主要是冻土的问题，但是专家认为可以解决。从50年代我国政府成立冻土大队奔赴高原研究冻土问题开始，到60年代初，西北科学研究院在风火山上设点实验，又至1974年第二次上马时，我们的专家搞了许多项目，应该说积累了许多经验。再说，西伯利亚大铁路也有冻土，问题不大。"

邓小平听后点了点头，然后问修青藏线有多少公里，大概要花多少钱。

阴法唐回答道："从格尔木到拉萨的路线为1200多公里，原来预计需28个亿，现在加上物价上涨的因素，可能要三四十个亿。"

邓小平扳着指头算了算，仰头考虑了一会儿，说三十来个亿足够了。

"西藏群众迫切希望青藏铁路能够早日上马。"阴法唐不忘最后做一做领导的工作，然后起身告辞，看着邓小平与卫士们向海滩走去。

天风海雨，北戴河的午后，海天一色，水雾烟云被炽烈的阳光化作一片蔚蓝。一双睿眸投向大海深处，极目所至，是高高的昆仑与喜马拉雅山，风景如画，岿然不动，仿佛早已穿透了中国的天空。

世纪元年中国大手笔

那是2000年秋季的一天，京畿天空半晴半阴着，我入北京友谊医院，采访已经赋闲下来的热地书记。因其长期担任西藏自治区党委副书记，故想找人写一部传记，便向中央统战部副部长刘延东谈了自己的想法。刘延东找到中国作协书记处书记陈建功，请他推荐一位熟悉西藏的作家写《热地传》。陈建功乃我恩师，对我极其了解，脱口而出：让徐剑担当此任。

"徐剑是谁？"刘延东问道。

"第二炮兵政治部创作室主任，写报告文学的大家。"陈建功答道。

"我认识他的政委彭小枫。"刘延东说道。

"那就让彭政委直接给徐剑下命令吧，一个电话就解决了。"陈建功建议道。

"好的，我马上给彭政委打电话。"

果然，数小时之后，我的老首长邓天生少将将我召进办公室，将《热地传》的任务交给了我，说这是彭政委交代的任务，让我完成好。

我点点头，心中却闪过一丝默想，与热地共一个西藏自治区党委班子的"老班长"阴法唐中将之传《封疆大吏》都没有写完，怎么能写《热地传》？一前一后，谁官最大、岁数最大，自然是阴法唐老书记莫属。

然，时光匆匆，因了领导一再追问采访过热地书记否，于是我联系了他的秘书，问其是在西藏采访，还是北京。彼答，北京友谊医院，首长那时正好体检。

是日，我到了友谊医院。热地书记谈及一个月前，中共中央十五届五中全会在京西宾馆里举行的细节。

他说，那天太阳暖洋洋的。一夜秋风四起，稀释了苦夏的燠热，将北京的天空洗抹成海域般的蓝。下午3时许，一抹斜阳映照在中央全会西南组的讨论会场里。西南五省的领导们落座不久，走廊上突然响起一阵脚步声。

双扇旋转门被推开了，两个女服务员伫立门的两侧。中共中央总书记江泽民信步走了进来。西南组的各位领导起身鼓掌后，总书记双手示意大家坐下。看着总书记坐定后，坐在前排的西藏自治区副书记热地心中掠过一缕秋空般的明丽："青藏铁路这出时代大戏，今天到了隆重登场的时候了!"

寒暄过后，自治区书记率先发言，随后轮到热地了。他非常得体地接过了话题，操着一口纯正的汉话："总书记1990年7月视察西藏，在海拔4500米左右的日喀则、羊卓雍错，都留下了光辉的足迹、亲民的形象，西藏人民至今记忆犹新。"

总书记朝着热地微笑着点头。

热地心中似有一股暖流泛起。他个子不高，皮肤黝黑，一张英俊的国字脸略显贵相。其实，他原是西藏比如宗一个放牧的奴隶娃子，进藏的18军将士的铿锵和平之旅，让西藏发生了一场绝不亚于当年造山运动的天翻地覆的变化，也从此改变了热地的命运，他从头人的牧场上跑了出来，跟随解放军的工作队走了，当了一名普通的侦察员，后来进入中央政法学院学习，毕业后在那曲分工委任一般干部。以后进入西藏高层，不仅历届西藏自治区党委书记对他青睐有加，就连胡耀邦等中央领导也视他为朋友。

多年的政坛历练，使得他能说一口字正腔圆的汉语，鲜见少数民族说汉语的生涩。他语调略略顿了顿，然后娓娓道来："我们忘不了1994年夏天，总书记主持第三次西藏工作会议，把西藏人民盼了四十年的'做好进藏铁路的前期准备工作'写入纪要，随后，八届人大四次会议，《"九五"计划和2010年远景目标纲要》也再次提及'进行进藏铁路论证工作'。如今西部大开发的帷幕已经撩开，对于我们西藏人民来说，最大的祈盼、最大的厚礼莫过于进藏铁路了，这是藏族同胞千年祈盼的天路啊。中国共产党的第一代、第二代中央领导非常关心进藏铁路的建议，那么现在看来，西藏人民盼望已久的事，恐怕要由中央第三代领导集体来具体实施了。我看西藏铁路大有希望。"

热地的发言在"大有希望"中漂亮地画下句号，静穆的会议室，一时掌声如雷。总书记爽朗地笑着，挥手招了招坐在远处的铁道部部长傅志寰，让他坐过来跟大家讲讲进藏铁路的前期情况。

傅志寰觉得有点突然，他本是来听会的，想倾听一下西南五省市对西部大开发有何建议，铁路如何在西部大开发中鸣锣开道，没有想到总书记会点自己的将。在铁道部工作了几十年，他一直是搞科技和运营，但是对于进藏铁路的前期论证并不陌生，两个多月前，部领导率考察组从青藏高原归来，便详尽地向他谈过考察情况。

　　无须借助本子，傅志寰便侃侃而谈起来："进藏铁路之梦，一梦就是一个世纪，当年孙中山先生最早在《建国方略》里就提及，不过，那只是一个写在纸上的梦想，真正能圆梦的是我们中国共产党人。从 50 年代开始，进藏铁路曾经三上三下。第一次是 1956 年至 1961 年，青藏公路管理局局长慕生忠将军带着铁道部第一设计院的曹汝桢、刘德基、王立杰三个工程师，第一次乘吉普车踏勘青藏线，随后苏联专家帮助进行了青藏铁路走线的第一次航测，但是在 1961 年的三年困难时期最终下马了。第二次是 1973 年毛泽东主席接见尼泊尔国王比兰德拉，再次提出要将青藏铁路修过喜马拉雅山，数千勘测人员再度走上世界屋脊，进行现场踏勘，于 1978 年再度下马，但是我们在风火山留下世界上唯一不通车的 500 米铁路路基，作为实验段。第三次是 80 年代初，滇藏铁路一度被列入国家重点工程，甚至滇藏铁路总指挥部都在昆明成立了，但最终还是下马。下马的原因多种多样，国力不济是一个重要方面，当然，最主要的原因是许多世界级的技术难题一时无法攻克。"

　　总书记仰起头来，问他在滇藏线、川藏线、青藏线中更倾向于哪条线。

　　"青藏线！"傅志寰胸有成竹地答道，"因为从长度上，滇藏线从昆明至拉萨是 1960 公里，经滇西高原丘陵区、高寒深谷区、高山宽谷区，横跨横断山脉，金沙江、怒江、澜沧江三大水系，五条深大断裂带，地质复杂，有冰川、泥石流、崩塌、滑坡、地热、风沙等，光桥隧就有 970 公里，约占全线 50%；川藏线从成都始，全长 2024 公里，地形比滇藏线更复杂，横跨七大江河、八大深大断裂带，工程浩大，桥隧 1077 公里，占全线 53%；唯有青藏线从格尔木南山口零公里起，仅有 1200 多公里，跨越昆仑山、唐古拉山，海拔虽高，地势却相对平坦。三条线相比，青藏铁路是首选，一是建筑长度短，工程量小，投资省，工期短，建设代价最小；二是地形平坦，意外受损容易修复，有利于战备；三是有关的技术研究工作一直没有停止。"青藏铁路风风雨雨、坎坎坷坷五十年，横在我们面前的就是三道世界级的难题，多年冻土、高寒缺氧和环保问题无法解决，当时的国力也不允许。半个世纪的准备，终于到了破茧而出的时候了。冻土问题，中科院兰州寒旱所的程国栋院士等一大批专家，帮助解决了冻土机理上的超级难题。"

这时，正俯首做笔记的总书记突然抬起头来，饶有兴趣地问道工程技术上能否解决。

"可以解决！"傅志寰信心百倍地说，"风火山实验路基近三十年的观察，已搜集了 1200 多万个可靠的数据，借鉴青藏公路和输油管道管理及维护的经验，铁道部又派人考察巴西、加拿大和俄罗斯冻土的铁路，对高原冻土地区的工程建设的认识较为深入，在冻土地段修建铁路方面制定了比较可行的技术措施。如采用片石路基、通风管路基，设置保温层，以桥代路、热棒技术等，可以说世界级的高原冻土难题，我们已基本解决了。对于青藏高原上脆弱的环境问题，也有了全新的认识。今年 5 月，铁道部派蔡庆华副部长陪同中国国际工程咨询公司董事长屠由瑞就青藏铁路的立项进行了考察；两个月后，我们的另一位副部长率有关司局、规划院、铁一院、兰州铁路局负责人再度上青藏高原，实地考察。他们形成了一个共识，青藏铁路万事俱备，就差中央一声令下了。"

傅志寰的汇报戛然而止，会场上掌声响了起来。总书记轻拍沙发扶手，然后让傅志寰把今天说的这些内容，尽快写成一个简明材料。

"是！"傅志寰长长地舒了一口气，这时他才感到自己的脊梁已经湿

吉祥天路：见证青藏铁路修筑奇迹

了。

　　十五届五中全会落下帷幕。傅志寰部长驱车回到离京西宾馆仅有数百米远的铁道部大楼，迅速将铁道部党组成员召到会议室，传达了总书记在西南组讨论时的讲话，并责成计划司马上起草一个关于青藏铁路的简明报告，不要长篇大论，文字要简洁，以铁道部的名义报总书记。

　　翌日，一份只有两页纸的青藏铁路报告放到了傅志寰宽敞的办公桌上。经审定后，他找到部里对进藏铁路最知情的人，将有关重点问题补充详尽，又亲笔起草了一封信，附上这份观点明确、论证充分、文字简练的修建青藏铁路的报告，直送中南海。

　　一个月后，京城的喧嚣沉寂下来了，枕着秋夜而眠。大衢间巷里的灯火渐次稀疏，而中南海勤政殿总书记办公室的灯光还在亮着。时钟已指向深夜 10 点，总书记毫无倦意，仍在处理案头那一摞堆得高高的文件。铁道部关于青藏铁路上马的报告就放在总书记的办公桌上。

　　书案上的灯光照着这份铁道部的报告。总书记伏案看了一遍，犹有意味，摘下眼镜，重新将桌子上的另一副眼镜换上，又翻阅了一些重要的段落。那睿眸仿佛穿破夜幕，投向了苍茫青藏。千禧元年中国第一个大手笔，应该是属于西藏的……

　　总书记伸手从笔筒里抽出一支笔，用遒劲的字体，写下了长达数百字的批示：修建青藏铁路是十分必要的，对发展交通、旅游，促进西藏地区与内地经济文化交流是非常有利的。我们应该下决心尽快开工修建，这是我们进入新世纪应该做出的一个大决策，必将对包括西藏广大干部群众在内的全国各族同胞带来很大的鼓舞。

　　总书记的批示很长，内容涉及西藏的政治、经济、军事乃至战略等方面，甚至还考虑到青藏高原的地理和气候环境，提到今后青藏铁路的运输、管理、维修模式也应该有比较完善的预案，要求有关部门抓紧研究，在多个方案中分析比较，以便党中央、国务院做出正确决策。

随着总书记手中的笔轻轻一落，2000 年 11 月 10 日 22 时，从此定格为历史，成为青藏铁路启动的发令信号。

世纪初年，一个中国大手笔在神州大地上画上了历史性的感叹号！

第二章　冷山万重多冻土

自从看见你，

我睡不着，昏昏沉沉地度过一宵。

白天找不到路通向你身边，

晚上，又不能把你忘了。

——六世达赖喇嘛仓央嘉措情歌

青藏高原上的最后一位理想主义者

数月前的一天，我正在家中伏案写作，李炳银老师突然给我发了一条短信，说他刚看了《朗读者》节目，冻土学家张鲁新讲述了许多青藏铁路修建中的故事，很感动人，让我重点关注一下，最好能够写入书中。我扑哧一笑，回复道，这都是老皇历了，张鲁新这些故事皆出自我的采访之中。遥想当年，因了我在文章中说他是青藏高原上最后一位理想主义者，引起很大的轰动。青藏铁路通车那年，《东方之子》栏目专门为他做了一期特别节目，还邀我出镜对谈张鲁新。然，被我拒绝了。因为所有的故事、细节和话题都在当年的采写中抒发了。此时只是冷饭新炒，旧话重提，没有多大意思。

不过，张鲁新的职业就是一盘"冷饭"，因为冻土研究，他坐了很多年的冷板凳。

2000 年 7 月底，在兰州铁道部科学研究院西北分院（现中铁西北科学研究院）的张鲁新听到一个消息，铁道部副部长将率考察组上青藏高原，对进藏铁路进行可行性调研。张鲁新心中遽然一动：二十多年的高原冻土研究的漫漫苦旅，终于等到最后的出口了。

那天中午，时间已接近 12 点，张鲁新不时抬腕看表，他有点坐立不安。马上就到午饭时间了，前边还有几位专家正在向铁道部领导娓娓道来，轮到自己，恐怕时间不多了。他不能再等了，二十多年潜心研究冻土，成败就在这一刻，铁道部副部长亲自听青藏高原冻土研究的汇报，在他的记忆中还是头一次。他知道自己话语的影响力，更清楚领导在青藏铁路决策中的分量。

内敛谦和的书生性格似乎与他无缘，尽管为自己的狷介个性付出过沉重代价，但是他仍然不改秉性，像一匹黑马杀了出来，突兀地向铁道部领导提出："部长，我就讲半个小时，谈你最关心的冻土问题。"

"没有关系。"领导的脸庞舒展着和畅的笑容，"你慢慢说，把这三十多年的研究成果都讲出来，把你们科学家在高原生活的酸甜苦辣都讲出来，你们科研能够坚持三十多年，我听几个小时还不行吗？不听完你的汇报，我们不散会，不吃饭！"

"谢谢！我有一种找到组织的感觉。"张鲁新优雅地一笑，心里一阵暖流涌动，"虽然进藏铁路三上三下，但是我们的几代冻土专家却始终坚守

　吉祥天路：见证青藏铁路修筑奇迹

在青藏高原之上，艰苦困厄，几经弹尽粮绝，却也大有所获，在区域冻土、冻土物理和力学、冻土工程等方面的科研上，取得了堪与世界比肩的成果。比如我们西北研究所从 60 年代初就在风火山海拔 4800 米的地方设立了观测站，日复一日，年复一年，三十多载不间断地观测、搜集数据共 1200 多万个，青藏铁路如果上马，对于跨越 550 公里的冻土地段，那将是一笔巨大的科学资源。"

领导搁下手中的笔："且慢，你详尽给我讲讲冻土是怎么回事。"

领导一语点到了张鲁新事业的兴奋穴位上。张鲁新将一生所著的几部皇皇巨著化作了简单的几句话："认识和决策青藏铁路沿线高原冻土，三种情况是不能忽略的。第一，从冻土分布看，有岛状的、大片的和多类融区三种。第二，从冻土的地温上看，也有两高两低四种情况，即高温极不稳定区、高温不稳定区、低温基本稳定区和低温稳定区。第三，从冻土的含冰量上看，有少冰、多冰和高含冰量之说。这是认识冻土、进行铁路路基施工的基础和前提，舍此无他。"

"我明白了！"领导轻轻点下头，目光突然犀利起来，如一道飞虹射来，"不过，张教授，我有一个问题请教！"

"领导太客气了！"张鲁新心中泛起了感动。

"据我所知，冻土是一个世界难题。"显然领导也是有备而来，"世界上的几个冻土大国如俄罗斯、美国、加拿大等，都为解决冻土做出过艰辛的努力。我想知道，中国搞了几十年，能与这些先进国家站在一条水准线上吗？"

"应该说我们的冻土研究比美俄等大国起步晚，但绝不落后，这并非妄自尊大。"张鲁新对中国的冻土科研了然于胸，"改革开放之前，我们几乎是以俄为师，始终没有走出苏联冻土科研的影子。但是 80 年代之后，突然发力，做了许多开创性的科研。凭借青藏高原这个最大的世界冻土宝库，可以毫不讳言地说，中国的冻土研究绝不逊于世界先进水平。从世界已建成的冻土铁路看，运营近百年的第一条西伯利亚铁路的病害率为40%左右，建成于20世纪70年代的第二条西伯利亚铁路的病害率是27.5%，而我们的青藏铁路一期西宁至格尔木段是31.7%，相差无几。"

"如果我们修建青藏铁路二期格拉段，铁路的病害率能不能降到10%以下？"领导显然是铁路建设的专家，对铁路建设的指标了如指掌，"在解决冻土问题上还有哪些可行性办法？"

"我觉得可以！"张鲁新胜券在握地答道，"我们在室内开展的通风管路基、片石路基结构和遮阳棚模拟实验，都取得了很好的效果，为到冻土地段的大实验里展开提供了重要的理论分析、数值模拟和工程设计参数。不过就单纯从降温角度考虑，热棒效果最好，其次是片石通风路基和通风管路基、碎石护坡，还有遮阳棚等技术。"

"热棒技术？"领导对这种新技术了解不多，关切地询问，"有成功的先例吗？"

"有。美国的阿拉斯加输油管线工程就成功应用了这一技术，安全运行了二十多年，美国、俄罗斯和加拿大的冻土地区输电线塔、房屋、公路、铁路也都广泛采取了这种技术。"

"噢，有如此之好？"

张鲁新点了点头，详尽地介绍了热棒技术的原理。

时光如昆仑山上吹来的季风，随风而逝。张鲁新关于冻土问题的汇报，一谈就是近两个小时，直至下午1点半才结束。

"谢谢你，"领导站起身来，紧紧地握住张鲁新的手，"给我们上了很好的一堂冻土技术课，让我们对于破解这道世界级的难题，上马青藏铁路，更有信心了。"

"您什么时候离开格尔木？"张鲁新突然追踪起领导的行程来了。

"明天早晨上山，我很想到你说的风火山观测站看看。"

"好呀！"张鲁新起身告辞之时，一个强烈的念头陡然而生。回到下榻

冻土学家张鲁新

的酒店，他顾不上吃午饭，就和同来的副院长张罗着找一辆跑长途的出租车。助手疑惑不解："张教授，你要打出租车，长途返回兰州？"

"不！"张鲁新摇了摇头，"是上风火山。"

"上风火山，什么时候走？"助手诧异地追问。

"今天深夜动身！"张鲁新远眺着苍莽昆仑的雪盖，心似乎已飞越到了风火山之巅，"我们必须在铁道部领导抵达之前赶到风火山观测站。"

"有这个必要吗？冻土研究，你在会上讲了近两个小时，我看已经征服了领导。"助手问道。

"当然有呀！"张鲁新深情地说，"我们西北研究院的几代人在风火山守望了近四十年，他们的价值和奉献，理应让北京来的领导知道。再说，作为老人，风火山试验段的情况目前也只有我能说得清楚。"

见张鲁新如此执着，助手心里一阵感动，跑到街上去找出租车。然而环顾格尔木这座牦牛驮来的城市，出租车的窘状令人无法想象，最好的车辆就是天津夏利了，且已经跑了一二十万公里，车况堪忧。

"张教授，只能委屈你坐破夏利上山了。"助手苦笑道。

"能坐夏利已经很不错啦。"张鲁新知足地说，"当年我们跨越昆仑，翻越唐古拉山，坐的可是大解放啊。"

助手感慨万千："今非昔比。车这么破，别掉了链子，将我们扔在五道梁上，哭爹喊娘也无人应啊！"

"不会的。青藏路上的司机都留有一手。"

"但愿！"

是日，上苍之手将时光拨到昆仑山子夜的临界线上，张鲁新披着高原的夜空寒星出发了。奔驰起来的夏利出租车浑身颤动，撞破了夜霭，犹如一叶黑湖中颠簸的轻舟，闪烁的车灯如两只萤火虫，沉落在昆仑山和空阔无边的可可西里的夜幕里。三百多公里的路程，夏利出租车跑了五个多小时，拂晓就赶到了风火山观测站。

上午 10 时许，当考察车队出现在风火山铁路实验铁基前时，张鲁新已经带着风火山观测站的人员迎上来了。昨天听汇报的领导惊愕地问道："张教授，你怎么会在风火山？该不是空降吧？"

"哪里，昨天晚上连夜打车赶上来的。"张鲁新如实招来，"我在等领导，好给您汇报风火山实验段的详情。"

"真服了你啦，张教授，工作可是做到家了。"领导感叹道。

"您是看高原冻土科研的第一位共和国部长嘛！"张鲁新认真地说，"我们奔波了几十年，总算找到家了。"

"哈哈……"领导笑了。

"您站在风火山上有高原反应吗？"张鲁新关切地询问。

"有！"领导连连点头，"我登过最高的地方海拔只有 4000 米，这里多高？"

"海拔 4900 多米！"

"难怪，我明显感到有点头晕、气短和心跳加快。"

"那里的海拔已经到了5013米！"张鲁新指着风火山垭口，"过去，这些山头一到夏天就有滚地雷，一个接一个的火球从山顶上滚落而下，人要躲避不及，就会赔上性命。"

"哦！"领导连连点头，询问道，"现在还有滚地雷吗？"

"几乎绝迹！但是您在这里不能多待！可以简单参观一下，缩短行程！"张鲁新引领铁道部领导一行，详尽地踏勘讲解了半公里铁路实验段的每个项目，将后来大量运用于青藏铁路冻土段的片石路基、碎石护坡、遮阳棚技术一一做了介绍。领导在风火山上停留了将近一个小时，才挥手辞别，往沱沱河长江源方向而去……

张鲁新伫立在风火山，远眺着一群灰头雁排成一个巨大的雁阵，追逐着渐次缩小成黑点的车队，他突然感到，雁翅之上，一个冻土学家生命的春天姗姗来临了。

他听到了盘旋在苍穹之上的孤雁归队的雁鸣。

张鲁新还是有点得意的，十七年之后亦如斯。距上次我对他的采访，也已过去了整整十三年。人近古稀，那股心气，那种心高气傲，那份疏狂，丝毫未改，仿佛是与生俱来的。我没有按炳银老师之嘱，回放《朗读者》节目，我知道张鲁新会在央视展示什么、朗读什么。展示他收藏的全国各出版社出版的《钢铁是怎样炼成的》《保尔·柯察金》的各种版本，讲解每个版本之间翻译时的差别，倒背如流地复述各翻译之间的文字微妙之处。他朗读的片段，一定是冬妮娅中途下火车，在泥泞的小径上突然与自己的恋人保尔·柯察金邂逅。那段抒怀的文字，张鲁新不知已经读过多少遍了，第一听众和最后一个听众非他妻子莫属，当然现在是全国的电视观众。

不被遗忘，因为他喜欢保尔·柯察金，因为他们都是筑路人，故可称为一群20世纪最后的理想主义者。

慕生忠，踏勘青藏铁路第一人

慕生忠将军楼成了格尔木市的一道文物景观。每到格尔木城的写者，若写这座城，写这条天路，都绕不开慕生忠，必到慕府拜谒。多年前，我曾有幸在成都西藏饭店采访过慕生忠将军，然而，直抵他住过的将军楼，感受他留在这栋二层小楼的生活和历史气息，却是在老将军仙逝多年之后。故人已去，可是那股英雄主义的血脉仍在奔突和赓续，伫立回廊上远眺昆仑山，仿佛一个不朽之魂于雪山之巅鹄然而立，等着前来朝觐雪山诸神的众生。

我俯首向下看玻璃柜中，当年慕生忠将军率工程师探青藏铁路的笔记仍清晰可见，不禁令人喟然，将军真乃踏勘青藏铁路第一人啊。

雪风依稀，昆仑岿然，将军当年探路的故事重新浮现在我的眼前。

1955 年的一天早晨，慕生忠将军的嘎斯吉普在铁道部西北设计分院（中铁第一勘察设计院前身）门口戛然停下。

虽然已近冬季，但将军的心情像悬在皋兰山上的太阳一样红灿，刚刚过去的"八一"建军节，中国军队第一次授衔，陕北红军出身的慕生忠以 18 军独立支队政委、中共西藏工委组织部长的身份，被授予少将军衔。比起那些永远倒在通往新中国路上的同乡，尽管身上穿了二十一个枪眼，但慕生忠觉得自己是一个幸运者。

将军身材伟岸，性情豪爽，有着陕北那块土地遗落的民风。一脚跨出吉普车的门，昂首一片苍天，西北设计分院号称兰州城里的西北第一楼，气势宏伟，有一股泱泱气度。将军操着一口陕北土话："这楼哩，不愧是西北第一楼，像站在黄土塬上唱的高亢秦腔。"

西北设计分院的门卫见一位少将伫立在门前感慨万千，连忙上来打招呼："将军贵姓，你有何公干？"

"慕生忠。"将军一阵大笑，"什么公干？小同志，我是来招贤纳士的。"

卫门愣了，原来是兰州和整个大西北大名鼎鼎的青藏公路之父慕生忠将军啊，连忙说："慕将军，请稍等，我去请领导来迎接将军。"

"繁文缛节，就免了！我是来要人的，拜访你们院长。"慕生忠脚下生风地往走廊走去。

闻讯而来的慕院长早已迎了出来，惊呼道："哎呀，慕将军，幸会，幸会，是哪阵风将您吹来的？"

"当然是青藏高原的季风喽！"慕生忠幽默地答道，"无事不登三宝殿，我来要人呀。"

"要人？"院长怔然。

"是啊，一笔写不出两个慕字来，你可要做个顺水人情啊！"慕生忠紧紧握住慕院长的手说，"青藏公路通车后，彭老总很高兴，请我们吃饭，说我是青藏公路的第一功臣，我说老总啊，这个虚名我不敢当，真正的第一功臣是那些为修青藏公路，永远躺在了昆仑山、五道梁、不冻泉和唐古拉山的官兵和民工。我向彭总汇报说，西藏的战略支援，光靠公路不行，得有铁路，彭总非常赞成，还特意汇报给总理，给我批了一笔钱。我回格尔木前，碰上了铁道兵司令员兼政委王震，王胡子说，铁道兵在抗美援朝战场上建立了一条炸不烂打不垮的铁路线，现在是和平年代，一定要把铁路修到巴山、天山、昆仑山，一直修到喜马拉雅。肥水不流外人田，这样的大活，总不能老让王胡子拔了头筹。你给我几个人，随我到青藏高原上走一趟，看看能否修铁路，我也好向总理和彭老总交代。"

院长吁了一口气："我当什么事，铁路踏勘也是我们院的主要工作。

慕将军要几个人？"

"至少三个吧！"

"就这么几个人，只要将军一声令下，要多少给多少。"

"哈哈，慷慨！"慕生忠一笑，"探一探能否修铁路，要那么多人去打狼啊。"

"这也是我梦寐以求的事啊。"

"那就说定了，让他们回家收拾一下，明天随我去香日德。"

"遵命。将军，明天早晨准时到位。"慕院长爽朗地做了回答。

第二天上午上班时间刚到，慕生忠的吉普车就停在西北分院楼前等候了。慕院长带着勘测工程师曹汝桢、刘德基、王立杰走了出来，一看慕将军身着皮大衣，正倚在车头前等候，院长惶恐地说："慕将军，不好意思，让你久等了。"

"学生等先生，理应如此！"慕生忠哈哈大笑，"我行伍出身，是个粗人，与你这些大知识分子打交道，就一个字，诚！"

一开始面对眼前站着的这位魁伟的将军，曹汝桢等三人还面面相觑，有几分拘谨，一闻此言，紧张的情绪一下松弛了，也被他的性格磁石般地深深吸引了。

"这就是我们带队的曹工。"慕院长指着曹汝桢说，"中央大学土木建筑系毕业，专学选线的工程师，参与修过国民党时代的湘桂黔铁路，后来到我们西北设计院，参与过天兰线、兰青线和包兰线的选线。"

慕生忠热情的大手伸了过来："好啊！三十出头，正当年。欢迎你们跟我去青藏高原走一趟，任务嘛，就一句话，待下山之日，你们就告诉我，青藏高原能不能修铁路，我好给彭老总和总理有个交代。"

三个人会意地笑了。慕生忠走过去，帮着他们将行李和仪器搬到嘎斯吉普车上。马达轰鸣，挥手别过金城，中国第一个进藏铁路选线小分队，跟着慕生忠将军踏上了青藏高原。

嘎斯吉普车沿着黄河河谷驶离兰州城，坐在后排座上的曹汝桢蓦然回首，队伍中的嘎斯吉普又多了几辆，便问慕将军，如何弄了这么多辆车。

慕生忠自豪地说："总理特批的！"

"总理给的？！"曹汝桢惊讶诘问道。

"当然！"慕生忠有几分得意地笑着说，"去年12月青藏公路通车之日，主席和总理特别高兴。听彭老总说，得知青藏公路和川藏公路同时通车那天晚上，主席特意对厨师长挥了挥手，说上杯茅台，工作人员不解，问主席有何喜事，主席一饮而尽，说高兴啦。今年授衔之后，我到彭老总那里立下军令状，要为修建青藏铁路探探路，老总报告给总理，总理说这回不能让慕生忠再赶胶轮大车上青藏路了，给他几辆车吧。所以我们就可以以车代步了。"

曹汝桢顿生敬意："可是慕将军，我们选线工程师就是走路的命，靠的就是一双铁脚板。"

"哈哈！痛快。"慕生忠笑道，"那好，我就做你们的后勤部长，你们说到哪里，我就将你们送到哪里。"

"将军，整个选线期间，你一直跟着我们？"曹汝桢问道。

"那还用问。如今我们捆绑在一辆车上了，有福同享，有难同当。"

"谢谢！"曹汝桢一脸肃然。

此时，兰青线的勘测和设计正在进行。西部仍旧一片白雪皑皑，冰封千里，慕生忠带着曹汝桢一行出兰州城，沿着当年的唐蕃古道，进西宁城，过湟源，翻越日月山，一路踏勘，逶迤而行。到了文成公主扔碎宝镜、不再回望长安的地方，有一条道是继续沿唐蕃古道往东南方向，走共和，过玛多，入玉树，越过青藏边界唐古拉山，抵达西藏的聂荣索县，最终进入当时藏北的总管府黑河，然后沿念青唐古拉、当雄草原直抵拉萨，这是一条古老的驿道，当年凡从西北入藏，均从此出入。

可是站在日月山顶上的慕生忠，却远眺着青藏公路方向，挥了挥手说："走青海湖北！"

曹汝桢一看地图，诧异地问道："慕将军，这意味着铁路得穿过德令哈，从百里盐湖上驶过。"

"是的！"慕生忠点点头，"曹工，既然公路已经建成，修铁路就该以公路作为支撑。"

曹汝桢敬仰军人的战略目光，但是他不无担心。过德令哈，就有巨大的柴达木盆地，前边还横亘着昆仑山和唐古拉山，这对于铁路的选线是前所未有的挑战。可惜他是第一次上青藏，前路漫漫，他不知等待自己一行的将会是什么。

到了香日德，天渐渐黑下来了。干冽的北风裹挟着漫天的飞雪，不时从刚搭起的棉帐篷的门帘里吹进来，慕生忠的司机和警卫员把捡来的干牛粪碾成粉末，用火镰将其点燃。锅里扑哧扑哧地煮着面条，日月山的海拔已逾 3000 米，没有高压锅是很难煮熟的。警卫员把水壶的盖子拧开后，递给了慕生忠将军。

"来一口！"慕生忠痛饮一口，将装了酒的水壶递给曹汝桢，"暖暖身子。"

曹汝桢摇了摇头："将军，医生禁止在高原上喝酒。"

"信他那个蛋。"慕生忠突然露出军人粗犷的一面，"高原上不喝酒，那叫男人？喝！"

"好，喝！"曹汝桢被将军的豪迈感染了，选线工程师的冷峻和严谨中也掺入了男儿的雄性，他接过来仰头喝了一口，便干咳开来。

慕生忠躺在被褥上哈哈大笑："好样的，有了第一口，就有一千口、一万口，能练成酒仙。"

刘德基和王立杰也传着喝开了。

"慕将军，我一直捉摸不透，当初你选青藏公路的线路时，为何舍近求远，不走古代的唐蕃古道，而走青海湖湖北，穿越柴达木，上昆仑，翻唐古拉。"

"哈哈，曹工，白天瞧你眉头拧得紧紧，我就寻思着你会追问。"慕生忠抿了一口酒，"其实现在的青藏公路也是一条驼道，当年的蒙古喇嘛进藏学经，都从那里走。1950年，我作为西北工委进藏时的政委，带了几千头骆驼走过文成公主进藏的唐蕃古道，沿途地势相对平坦，但沼泽太多，湖泊星罗棋布，雪山浓雾笼罩，自然不便汽车通行。"

曹汝桢终于明白慕将军为何舍唐蕃古道，而选莽昆仑之路了。

"慕将军，据说你麾下的官兵在选青藏公路线路时，是遵你的叮嘱，赶着胶轮大车跨越昆仑，过唐古拉的?"

慕生忠摇了摇头："赶胶轮大车走青藏高原不是我的创意，应归功于彭德怀元帅。1953年冬天，彭老总从朝鲜回来，我去看他，那时我兼任西藏运输总队的政委。运输总队共有26000多峰骆驼，可是从西北到西藏送一次货回来死了一大半。我对彭老总说，川藏路一时还修不通，西北方向仅靠骆驼运输不是办法，得有公路，我想赶着木轮车上青藏高原，探探在荒原能否修一条公路，直抵拉萨。彭总说，好呀，不过赶牛车过青藏高原，人家会说你是拆下来抬着走的，没人会相信，还是赶胶轮马车上山，胶轮车过去，大卡车就可以行驶。我一听，茅塞顿开。"

"慕将军，你也像这次一样跟着走吗?"曹汝桢认真地问道。

"我没有去，派的是西藏运输总队的副政委任启明带队，我的翻译顿珠才旦，汉名叫李德寿，也参加了，他是三十多人队伍中唯一的藏族人。"慕生忠沉吟片刻，"他们赶着五十多峰骆驼、二十头骡子、三匹马、两辆胶轮大车从香日德出发，就是走我们今天这条天路。他们一边走一边用锹平地、垫路，绕湖北行，上德令哈，过大柴旦，越过盐湖，到了格尔木。沿南山口上昆仑山时，被一条二三米宽的沟壑挡住了去路，好在探路的队伍中有位石匠，用了三天架了一座桥，才得以过去。随后沿纳赤台，上西大滩，直至昆仑山垭口，过了雪水河，极目远眺，真是莽莽荡荡的可可西里。有一天突降大雪，三米之内见不到人影，任启明和顿珠才旦押后，与队伍走散了。摸了一个多小时，找到几捆干红柳，点燃起来，在雪地中过夜，两个人背靠背，被一群荒原狼团团围住，人与狼相持，只能看谁能坚持到最后，只要他俩一旦睡着，就会成为饿狼的夜餐。一直对峙到天亮，才被闻讯赶来的同伴们救走。到了五道梁，头痛欲裂，那种感觉就是哭爹又喊娘，难以忍受。过了风火山，更是气喘吁吁，可是他们仍然执着地往前走，走蒙古喇嘛进藏时的那条路，一直到了长江上游的沱沱河，赤脚蹚过冰河，那雪水冰凉彻骨，然后在风雪迷茫中往唐古拉山走去。翻越唐古拉便证明路完全可以走通，到了安多，再往下过万里羌塘。1954 年 1 月 23 日，到了黑河，见到了黑河分工委书记侯杰，任启明给我拍电报说路可以走通时，你们不知道那晚我多么高兴，痛饮了一夜，一醉方休，好久没有那么醉过了。"

慕生忠将军和他麾下官兵的故事，就像一部西北传奇，听得曹汝桢、刘德基和王立杰扼腕长叹，击节而歌。以后每到晚上睡在棉帐篷里，雪风惊空敲打着帐篷，他们仰视深邃天穹，几颗寒星如格萨尔王金鞍上的银钉般在闪耀，再听慕生忠边啜烈酒，边讲战争传奇和西部故事，成了青藏高原每天晚上的帐篷盛宴。要是慕将军某天晚上酩酊大醉不能讲，第二天小分队踏勘时，便会觉得失落了什么。

沉醉在慕将军的高原故事中，曹汝桢三人一路踏勘选线，铁路的走向和弯道大多选在离公路不远的地方。终于走进格尔木了，慕生忠挥挥手说："放假三天，采购补充食物，恢复体力！"

然而，仅仅在格尔木休整了两天，慕生忠又带着曹汝桢一行上路了。爬上莽昆仑，海拔渐渐升高了，曹汝桢和另两位工程师每走一段都要下车目测、选线、画地形草图。在极地高原，别说每天要走许多路、登高望远、涉水过河，纵是躺着也有如下炼狱一般。

越过可可西里和雪水河，"冻土"两个字突兀地占据了曹汝桢的脑际，令他困惑不已。青藏高原的地貌对于修铁路毫无影响，如果不是高原缺氧，其工程的难度远远不及内地的高山大江。但是高原冻土却是一个难以解决的问题。往前行，更是茫茫的一片白雪，分不清是冰河，还是雪野，抑或公路。有一次车陷薄冰和沼泽之中，车轮打滑，怎么也冲不上土坎，慕生忠将军一跃跳下车来，脱下自己的棉皮大衣，垫在了车轮底下，大声喊司机："踩油门，加大挡位，往前冲。"

嘎斯吉普的发动机吼叫着，终于冲上了路面。望着慕将军的军大衣上溅满了泥，曹汝桢于心不安，慕将军拍了拍他的肩膀："曹工，没有关系，太阳出来时，晒一晒，掸掸土就好了。"

越过沱沱河，靠近唐古拉，就没有那样幸运了。有一天傍晚，吉普车突然陷进了沼泽地里，即使慕将军使出浑身解数，也无法将铁骑从深陷的沼泽之中拉出来，脑袋涨痛得快爆裂了。敢在青藏高原上横刀立马的慕将军此时已没有脾气了，他一筹莫展地摊了摊手说："曹工，待在车里别动，养精蓄锐，保持体力，唯有静静等待！"

"等待？慕将军，我们在这儿待下去，不是等死吗？"曹汝桢不无忧虑地说。

"没事，等待救援。"慕生忠笑了。

"将军，冰天雪地，茫茫荒原，谁会来救我们？"曹汝桢看着芜野，只有一只孤独的神鹰在飞翔，一片茫然。

"会有军车通过的！"慕生忠望着凝结着自己心血的青藏公路，大将风度地挥了挥手，"警卫员！"

"到！"警卫员跑了过来，"首长什么指示？"

"马上到公路上去，有军车路过就给我截下，叫他们过来救援，把陷下去的车拖出去。"慕生忠胸有成竹地布置。

左顾右盼，空寂的大荒野上并没有兵车出现，唯有野狼的狂喘在风雪中长一声短一声地恐怖传来。几束跳动的绿光，一步一步地向他们逼近，让人有一种战栗之感。警卫员操起枪来，准备射击。

"打个球！"慕生忠踢了警卫员一脚，说，"给我省点子弹，好打黄羊解馋。别看野狼凶，人不伤它，它不伤人。"

于是一群人只能蜷曲在车上，胆战心惊地看着野狼巡弋而过。

直至深夜，半山坡突然有一晃灯火一闪一亮的，像南方夏夜村场上的萤火虫。慕将军一跃而起，大声喊道："有救了！"

一队兵车渐次逼近，最终发现了他们，才将踏勘小分队救了出来。

半个月后，车进拉萨城，最后一段铁路线路的初选勘测结束了，慕将军忐忑不安地询问曹汝桢："曹工，请告诉我结果吧。"

曹汝桢历数了一大堆冻土难题，似乎尚未触及结论性的话题。慕生忠有点沉不住气了，单刀直入地说："曹工，我是个粗人，不知道那个冻土理论，别给我绕圈子了，长话短说，你就告诉我一句话，青藏高原上修铁路到底行还是不行？"

"行！"曹汝桢斩钉截铁地回答。

"好！我就要你这句话。"慕生忠激动地弹了起来，"今天晚上我请你吃羊肉烩面。"

曹汝桢一行三人返回兰州后，口头向院长汇报初步勘测结论——青藏高原可以修铁路。随后又写了考察报告。

2002年9月15日下午，我在兰州铁一院的曹汝桢家里采访，已经耄耋之年的曹老慈眉和祥，脸上密布的老年斑似乎都隐藏着风雪高原的故事，可是他谈得最多的仍然是早已故去的慕生忠，吁噫嗟叹："慕将军可是一个豪爽之人，嗜酒，海量啊，身上的血性与酒一样清醇刚烈。可以说他是青藏公路和铁路第一人，功不可没，我们不该忘记哟。"

空山虽冷情未冷

　　青藏铁路上马之后，将近八十岁的周怀珍老人让徒弟孙建民陪着自己去了一趟风火山，一则是去祭扫那些埋在风火山的老友，一则是为中央电视台拍摄一个节目。据说，那天老人站在风火山上，远眺着青藏铁路的路基从自己住过的小屋前横亘而过，居然像个孩子一样失声痛哭，喊着四十多载守山牺牲的工友的名字，长跪不起，任老泪纵横。

　　一个情感早已经像寒山一样冷却的老人，如此动感情，像冷山冰壳下深藏的岩浆一样，到底蕴藏着什么样的感情?!

　　那天，兰州城里天高云淡，周怀珍老人坐在我的对面。

　　金城的秋阳斜了进来，映在他红润的脸庞上。他恬淡地笑着，说："我只是风火山上的一个守山人，没有什么好谈的，你们应该采访西北院的冻土专家和科技人员。"仅仅一句话，我便觉得前面兀立着一座山，一座躯壳温婉内心却蕴含着冰土和烈焰的冷山。

　　"抽烟吗?"老人非常礼貌地询问我。

　　我摇了摇头，笑着婉谢。

　　他双手划火柴点烟，手却有点笨拙。

　　我循着划火柴的地方望去，只见他双手手指第一关节已经突兀，似已残疾。

　　"周老，您的手指?"我好奇地问道。

　　周怀珍淡然一笑，说："当年在风火山取冻土数据时，不小心掉入雪坑里，一时爬不上来，就冻坏了指关节。"

轻描淡写的一句话，便让我有肃然起敬之感。

"那您就从手谈起吧。"我说。

"这些都是一堆陈芝麻烂谷子，你也感兴趣？"周怀珍反问道。

我点了点头。

"那年风火山的雪真大啊！"周怀珍老人的思绪沉浸于那一片冷山无边的风雪之中。

雪落青藏，千山一片寂静，楚玛尔平原上只有雪风长驱。平时在中铁西北院风火山观测站门口转悠的雪狼也不知蜷曲到哪里去了，少了它们在夜色中的长嗥，风的尖啸缺乏伴奏的和声，日子就显得枯燥而又单调。又到了每天"828"观测和取样的雷打不动的时候了，上午 8 点，下午 2 点，晚上 8 点，风火山观测站的几代守山人，从未缺失过一个观测数据。

那天已是风雪黄昏，飞了一天一夜的狂雪，仍不肯停歇，风火山静默在一片混沌之中，夜的黑帐正从遥远的楚玛尔平原落下，周怀珍穿上皮大衣准备出门，新分来的徒弟孙建民说："师傅，雪这么大，还是等明天雪停了再去吧。"

周怀珍摇了摇头，说："这是风火山观测站第一代人定下的一条铁律，我当时举过手，发过誓，'828'雷打不动，纵是下刀子也得去。"

孙建民说："那我陪师傅去。"

周怀珍说："外边太冷，你初来乍到，还是我一个人去吧，路熟，一会儿就回来了。"

掀开厚厚的棉帘子，周怀珍的身影钻入了风雪漫天的绝地里。最远的数据观测点在一公里多远的对面半山坡的路基上，要穿过河谷，再爬上一片山坡。四野茫茫，长驱的漠风吹得雪雾弥漫，他惊叹这天的落雪，将风火山的沟沟壑壑、山山岭岭化成了一片如蒸在笼屉里的白馍。周怀珍朝着莽原走去，一步一步地走入旷野之中，终于找到了几个数据点，照表格所需，抄下了一行行数据，转身再往回走时，天已经完全黑下来了，深一脚浅一脚，四处是雪，不知何处是坑哪里有沟。正往山下走的时候，突然一个跟头，摔进了雪窝里，一下子被雪埋到了胸部，一点也动弹不得。他想喊，可是这里离观测站房子还有几百米远，雪风又大，谁也不会听见的。远眺着黑夜像一只棕熊张开饕餮的大口，欲将风火山吞噬而下，一个命运的长夜悄然降临。

守望风火山二十载了，自己最终也会凝固和葬身在风火山的冰雪之中吗？

回望自己留在风火山雪野上的足迹，周怀珍的一生，似乎都是与冻土连在一起的。

这个出生于甘肃天水的汉子，于 20 世纪 50 年代中期招入当时的西北设计分院当了一名普通的测量工，所从事的工作就是扛着棱镜拉链子、摆镜子，让一条条开往西部的铁路从自己的脚下走过。随后他参加了德令哈到海堰专线的定测。1958 年青藏铁路第一次定测，他就跟着苏联专家搞地质普查，首次发现了在冰层之下存在着一个永冻层，但是范围有多大，究竟有多深，谁也不知道，只知道冰层以下三四米就是冻土层。于是他们就在风火山钻孔，钻了七十多米，仍然是千年冻土层，第四普查队则在唐古拉打了一个 200 米深的孔。苏联专家早晨开车上山，晚上再回格尔木，一看从孔中取出来的冰块，便惊叹道："你们这个冻土，我们苏联大地没有，西伯利亚的冻土是高纬度的，也是季节性的，而中国却是高海拔低纬度的。永远的冻土，全世界绝无仅有。"

苏联专家走了，中国人研究冻土的观测站却在风火山上矗立起来。周怀珍刚从铁一院调到铁道科学研究院西北研究所，就上了风火山观测站。

周怀珍与王建国、李建才坐在一辆苏式卡车上，从兰州出发，颠颠簸簸地沿着慕生忠将军开拓的青藏公路和有路无路的荒漠走了四天三夜，从梦幻般的青海湖一掠而过，越大柴旦，过盐湖，抵达昆仑山下的最后一座城市——像一个小镇般的格尔木市，然后朝着天路上昆仑，往格尔木以南

300 公里外的风火山缓缓驶去，从拂晓时分一直走到了夜晚，头痛欲裂，胸闷呕吐，凡此种种下地狱的感觉都经历了，支几顶棉帐篷，就开始了在风火山守望的日子。第一任负责人是一个叫宋锐的工程师，他一般是开春之后的 5 月份上来，到 10 月份就下山了，将风火山一个漫漫冬季寂寞的日子留给了周怀珍和他的两个同事。

可是沉默的风火山似乎不再寂然，对于突如其来的闯入者并不欢迎，突兀地做出了过激的反应。有一天下午，住在棉帐篷里的周怀珍去测试点观察取样，只见荒原上斜阳正在天边做着无数次重复的滑翔，恋恋不舍地朝着荒原的尽头坠落，晚风吹过，飘来一团云簇，似是被太阳烧成了瓦灰色，飘荡到了风火山顶上，却不见下雨，厚厚的云团之中，蓦地撕裂一道云罅，先是一道蓝色的弧光划破荒原，继而，一个闷雷轰隆一声，一道闪电撕开黝黑的穹顶，抛下一团团粉红色的霹雳火，像燃烧的铁环滚动一样，一个接一个从风火山滚了下来，一下子将周怀珍吓得趴倒了，喊道："妈啊，这不是二郎神踩着火球从天上下来了嘛！"滚地雷从风火山顶上一个接一个滚了下来，烧焦了的一片片青草，如一条黑色的绶带挂在风火山的山坡之上。

周怀珍觉得这是楚玛尔荒原上的一种奇异之兆，他询问过无数的气象地质学家，他们却没有给他一个满意的答复。

住了多年帐篷，到了 1966 年风火山的房子盖起来时，终于可以有砖砌的房子住了。过了一个冬季，到了夏天，房子靠灶的一角突然陷了一个大坑，而另一边则胀了起来，此消彼长，冰锥几乎将房间给顶翻了，屋子发生了大面积的裂罅。直到 1974 年改为通风管道做地基，所有的房子都盖在了一排排空心的通风管道之上，才使风火山上的房子一劳永逸地固定了下来，任凭地震、滚地雷、冻土热融、冰胀，都对其无可奈何了。

冬季来到了风火山，日子漫长而又寂寞。风火山观测站两边道班三分之二的人员都轮换下山了，唯有周怀珍他们三个要守着风火山。从这年的

10 月一直到来年 5 月，不会有人上来，此时的青藏公路上，来往的车辆也就稀少了，除了一两周可以看到总后兵站部的兵车南行外，整个冬天几乎看不到人影。青菜运上来虽说要吃过一个冬天，可几天之内就烂完了；吃不到一点青菜，每天就是萝卜干泡饭。有一年冬季，煤烧完了，他们向道班去借，道班上的煤也耗尽了，他们只好扒开积雪，拾牛粪来取暖。而此时风火山的地表温度已下降到零下 30℃，区区一小堆牛粪，只能给屋里带来一丝丝暖意。

煤没有了，袅袅炊烟不再，雪狼便悄然而至。那个冬天，道班上的工人狩猎时，打了一匹野马，将吃不完的野马肉挂在房梁上，血腥味儿随着季风飘散，雪狼闻血而来，可风火山观测站和道班院子的土围子都没有门。夜间，风火山死一样寂静，七匹雪狼大摇大摆地走进院子，狼眼中闪烁的绿光，如鬼火一样在夜色中跳荡，飘来飘去，饿狼凄厉的长嗥尖啸声传了过来，似在啃啮着房子的门窗，让屋里的人战栗。夜间上厕所需要走出房子，穿过院子前庭，走一百多米，显然要横穿狼群而过。周怀珍叮嘱两位同事，出去上厕所时三人要一起，其中两人手持枪杆赶着狼，另外一个才敢进茅厕方便。那群恶狼白天蛰伏在院子外边的山上，晚上悠然地走进来，在道班和风火山观测站附近一直围了四天四夜，野马肉的飘香令其垂涎欲滴，直到飘香散尽，它们连一碗残羹也未得到，才悻悻然离去了。

苍狼似乎走远了，其实只是潜伏在离风火山不远的地方，在寻找机会。一个日暮黄昏，周怀珍与王建国一起去一个钻孔里取观测数据，也许太专注了，他们并未发现钻孔旁边伫立着两只雪狼正虎视眈眈地注视着他们，随时准备等他们露出破绽，然后扑上来。但是雪狼也有恐惧感，毕竟从未与人类有过真正的绅士般的决斗，人类手中的利器，让其不敢贸然出手。可今天两人手中却无那黑洞洞的家伙，周怀珍还未抬起头，王建国已经惊叫了："周师傅，狼，狼，狼……"

"狼在哪里？"周怀珍抬起头来。离钻孔只有三米远的地方，伫立着两只苍狼，人与狼对峙着，狼有利齿，而周怀珍他们手中只有一支笔一张纸，环顾四周，连个防卫的土块都找不着。一场勇气与毅力的博弈已悄然展开，只看谁最惶惑，露出破绽，给对方以可乘之机。

"嗷！"周怀珍拉着声音吆喝着、驱赶着，那色厉内荏的夸张神情，最终竟将苍狼吓住了，怏怏而去。

周怀珍与王建国虚惊了一场。回到风火山观测站时，背脊上的汗水都渗出来了。

…………

黄昏将逝。而今天掉入雪窝的周怀珍却孤立无援了。他有点后悔，当时应该叫徒弟孙建民跟着自己一块儿上来的。现在茫茫雪原，孑然一身，如果像那天与王建国在一起时一样碰上雪狼，那真的就葬身狼腹了。

周怀珍觉得意识在一点点流失，谢天谢地雪风将他冻醒了，唯有自救，方可活命。他摘下了手套，将身边的雪一点一点地扒开，为自己挪动身子开出一条雪道。可是此时的风火山气温已经骤降至了零下30℃，赤手扒雪，不啻是将手让锋利的锐器割下。刚开始手冻得发红、发胀，后来则麻木了，等半个小时后周怀珍为自己扒出一条生路时，他双手的指关节全都冻僵了。回到宿舍，也没用任何医疗设施，等过了几天到沱沱河兵站要药时，指头已畸形，恢复无望了。

春天来了。灰头雁从天空中掠过，一片片羽毛翩然而下，是带来家乡的消息吧。5月，铁科院西北研究所的科技人员上来了，这时周怀珍他们三个人才终于可以轮流换下去休几天假，到兰州的家里处理点事情。

妻子是一个能干的女人，看到守山的丈夫回来了，像一个野人，连说话都不利落了，还冻坏了双手，泪水哗地出来了。她做了满满一桌菜，到街上买了老白干，给丈夫接风。这时在风火山从不流泪的周怀珍热泪纵横，抱愧地说："对不起啊，嫁了我这个守山郎，真的做了牛郎织女了，孩子你拉扯着，就连买米买煤的事情，我都帮不上啊。"

一看丈夫落泪了，周怀珍的老伴倒不哭了，她给自己斟满了一杯酒，说：“孩子他爹，我不知道你在风火山上做什么，但是能在那荒无人烟的地方守二十多年，你是个真男人。我这辈子嫁给你，无悔也无怨。”

　　“谢谢！”一个普通家庭妇女的话，让周怀珍动情动容。在家小住了几天，他又上山去了，此去又是经年才返。

　　孙建民是 1978 年被师傅周怀珍带上山的，那年他刚好二十三岁。跟着师傅守了八年的寒山，当了八年的光棍，他真的有点受不了那份慑人的寂然和孤独。1986 年的一天，他实在忍受不住了，觉得自己再待下去就会疯了，就悄悄地瞒着师傅，截了一辆车逃回兰州去了。

　　三个月后，师傅突然找到兰州来了，一见面便是道歉，说：“你当了风火山的逃兵，不是你的错，而是我周怀珍的错，我对你关心不够。”

　　师傅这么一说，孙建民反而感到不好意思了，脸色一片赧然，说：“对不起师傅，我辜负了你的厚爱。”

　　周怀珍摇了摇头说：“是师傅做得不好，师傅对不起你和你的家人。不过，我观察了西北所那么多年轻人，能从我肩上接过风火山站长担子的，只有你。”

　　孙建民惊讶地说：“师傅，我可是风火山的逃兵啊，你还未将我逐出师门？”

　　“年轻呀，谁不会犯个小错，动摇一下。再说你在风火山已经度过一个八年抗战了，已经了不起了。”

　　“可师傅您守了二十多年，从壮年守到了老年啊，我八年算什么。”

　　“建民啊，守山并没有什么意义，在那些平淡的日子里我们留下的 100 多万个风火山的冻土数据，才是最有价值的，等有一天列车从风火山穿越而过的时候，你才会觉得我们今生今世没有白活。这才是师傅一辈子守山的价值。”

　　“师傅，我错了，我跟你上山。”孙建民热泪纵横地说道。

一个老人与一座寒山。周怀珍守到六十岁的时候下山了，前后加在一起，他在风火山上守了二十二年，而他的徒弟孙建民则守了二十七年。

2001 年，当青藏铁路开工之际，近八十岁的老人周怀珍被中央电视台请到了风火山，当主持人问老人有何感受时，周怀珍激动得泣不成声，说："青藏铁路终于上……马……了，我有幸活着看到了这一天，可是我们许多兄弟却没有看……到……啊！"

祭山祭父祭心

王耀欣从懂事起，谁跟他提父亲的事情，他就跟谁急，在他少年的记忆中，父亲的形象早就被他想方设法彻底格式化掉了。

血浓于水的亲情，真的能够忘却吗？王耀欣说："我就是要忘掉我爸爸，那是一个无情无义的家伙。"

那一年父亲王占基从风火山下来，查出患了癌症，已经时日无多，可王耀欣一点也不关心，毫无心伤之感。父亲撒手人寰时，在最后送父亲的追悼会上，他也无动于衷，连眼泪都没有流过。

"这狼崽子，"父亲的同事摇头说，"对父亲一点感情也没有。"

"呸！敢说我没有感情，问问他吧。"他指着父亲的遗像，斥责道，"你像父亲吗？配做丈夫吗？"

父亲王占基原是铁科院西北所冻土室的党支部书记，后来又做了副所长，可是在儿子的印象中，父亲心中只有"冻土"两个字，而没有婚姻、家庭、妻子、孩子，这些连接成血水相依的亲情，都被他身上从风火山挟来的漠风寒雪冻土给凝固了。他像一只候鸟似的，春天一缕暖风刚融化黄河上的冻冰，他便像嗅到春讯一样，独上昆仑冷山行，一直待在风火山上，直到来年春节鞭炮声在兰州城里响起，才会风雪之夜除夕归。家里的事情什么也指望不上他，全靠从北京城远嫁边域的母亲张罗。所以孩子的读书、工作，统统都给耽误了。

王耀欣毫不掩饰对父亲感情的疏离。他觉得父辈这代人真可笑，一代虔诚的理想主义者，在风火山守望了二十载还嫌不够，1980年病入膏肓，癌细胞从胰腺上转移全身，恶魔般啃噬他的骨骼，疼得他脸色苍白，冷汗簌簌地往下流。所里的领导来看他时，他不交代家里的后事，不询问孩子如果考不上大学如何生存和工作，居然关心的是风火山周怀珍他们还有什么困难，还乐观地说1978年青藏铁路下马只是暂时的，总有开工的一天，可惜他看不到了，最后请求单位的领导，等他死了以后，将他的骨灰葬在风火山之上。生看不到列车驶过风火山，死也要听到列车穿越时的长鸣。

葬于冷山之上，竟然是父亲留给这个世界的最后遗言。送别父亲的时候，王耀欣一点离泪也没有。母亲好伤感，说："你这个小子，真是一只白眼狼，父亲养育了你，你咋一点感情也没有！"

王耀欣说："我哭不出来。我说这句话，也许妈妈会痛断肝肠，其实父亲是一个不负责任的男人。是的，我承认他对得起那片冻土，无愧风火山的兄弟们，但他不是一个称职的丈夫，也不是一个合格的父亲。我绝不会再走他的路！"

母亲听了以后，不啻是一场青藏高原造山运动般的摧毁。

这场摧毁似的疼痛一直疼了二十载。2001年的夏天，就在青藏铁路正式上马时，《中国铁道建筑报》的朱海燕带领我们一行叩响了王占基家的门，只听屋里传来了一个苍老的声音："谁啊？"

"是我们，北京来了一班作家记者要采访你。"

"哦！北京老乡来了，请稍等。"屋里的京腔圆润，可是我们等了一刻钟。在那漫长的等待中，朱海燕感到了蹒跚的步履好艰难。终于门咯吱开了，一个面色苍白、像麻秆一样瘦削的老太太站在我们跟前。

"您就是王占基的夫人？"

"是啊，有什么不对啊？"

"没有，还以为找错了。"

"没有错，我那冤家已经走了二十年，留下我这个孤老婆子，空守日子。"

"那好，我们专程从北京为王占基而来，可以跟你谈谈吗？"

"当然，请进！"

跟着老太太进去了，望着她纸一样薄的身躯，蓦地觉得一阵风就可以将她吹倒。

刚落座不久，突然有了旋转钥匙的声响。王耀欣匆匆地回家了，见家里多了几个男人，感到几分突兀。母亲说："这是北京来的作家记者，专门来采访你爸爸的。"

"我爸爸不要作家、记者，不要宣传。人都死了二十年了，宣传什么？这样的世道，宣传有何用，我早就看淡了。"王耀欣流露出不屑一顾的神情。

"耀欣，你应该感到骄傲，你有一个了不起的爸爸。"陪同的人道。

"我爸爸，别再提他，我恨他。"王耀欣冷漠地说。

我们皆一头雾水，不解地问："为何恨你爸爸？"

王耀欣吸了一口烟，说："作为一个爸爸，对我们一点责任都没有尽到。其实最伟大的是我的妈妈。"

"哦！"众人皆悚然一惊，说，"你妈妈如何伟大？"

王耀欣说："我妈妈不仅把她的丈夫送上了高原，也要让我上高原。知道吗，我马上就要到风火山上的中铁二十局当质量监理了。"

"你愿意去吗？"

"咋说呢，如果从挣钱的角度，我想去。"王耀欣犹豫了片刻，说，

"假如从生命质量的角度，我不想去，我不想重复父亲英年早逝的悲剧。"

我们每个人的心灵都被震颤了，这样的一个家，这样的父子之间竟然迥然不同。

朱海燕笑着说："我只是为一个葬身在风火山的英魂而来，因为他是四十年间中铁西北研究院的一面旗帜，一缕忠魂，至今仍在风火山上飘扬。"

"那你与我老妈谈吧，我对父亲的故事和风火山的话题不感兴趣。"王耀欣站起身来拂袖而去。

于是，我们面对着王占基的未亡人，等着从北京城远嫁兰州的姑娘吴文英，一个垂垂老矣的老妪，如何评价她的丈夫。

"我最恨他！"吴文英的第一句话便让所有人怔住了。

"你们不要惊讶！"吴文英平静地说，"我们结婚生孩子，他没有管过我，当时我身边只有五元钱。后来，家里有钱时，他支援灾区，支援风火山的工人。1980年他死的时候，我才四十四岁，他却弃我而去。我恨死他了，在风火山上，狼吃了他我也不去。我不是为他，不会落下这身病。刚才我为何那么慢给你们开门，因为我有严重关节炎，刚才是跪着爬过来给你们开门的，你们别见笑啊。"

听此，我们的泪水唰地流了出来。

风火山上，亲人流尽的泪水可以凝成冰山，可是却在青藏铁路开工后的那个秋天渐次融化了，融成一片亲情恩爱的热山。

王耀欣是这年夏天从兰州到风火山上当质量监理的，那完全是母亲的意思，年轻时既然可以将丈夫送上山，晚年为何不让儿子去。恩爱情怨皆为了一座山。也许是鬼使神差，上山那天，他去文具商店里买了一台望远镜，别人问他为何带一台望远镜上山，他说是准备远望藏羚羊和楚玛尔平原上的苍狼。

监理点所在的地方，可以远远地看到中铁西北院守候的风火山，每天傍晚下班后或者早晨上班之前，他总要打开望远镜的镜头，远眺风火山的主峰，欲在那山坡上寻找什么，却一直很失望，两三个月了，拉到眼前的镜头里总也没有一个隆起的土丘。每天的遥望却一直找不到他想要的东西，一份亲情，一份血浓于水的父子之情。但他仍然执着。一个日暮黄昏，他换了一个角度，在寒山落照中，一抹彩虹突然出现，彩虹的尽头是一个荒冢，那一刻，他的心都快要蹦出来了，是它，是老爸的坟，确凿无疑。

但是远望爸爸那冻土相掩的小屋，王耀欣却迟疑了。

然而，他还是决定走近风火山，走近已经葬身冻土二十年的爸爸，弄清楚究竟他是以怎样的魅力和人格被人记住的。

最让风火山人难忘的是 1967 年，十年内乱的凄风苦雨风涌神州大地，因为派系斗争，所里似乎将风火山上的周怀珍他们忘却了，已经四个月不送补给了。菜早就没有了，只剩下少量的面，从纳赤台拉来的水早已告罄，只好吃融化的积雪之水，人的身体受到了极大的伤害。王占基听到后拍案而起，不顾造反派的反对，毅然带着车队，将粮食蔬菜和饮用水送到了风火山上，拯救了四条濒临危亡的生命。他在山上干了五个月，直到 10 月飞雪，将所有的资料都拿到手了，然后拉回兰州封存，将风火山珍贵的冻土研究资料保存了下来。

第二年春天来了，王占基早已厌倦了"文革"年代的内斗，唯有上青藏高原才能获得心灵的安静，唯有风火山的冻土才能化尽一个狂热年代心灵的躁动。打钻孔、炸冻土坑，他亲自插雷管、放山炮，为抢救和保护风火山七年来的资料而尽自己的绵薄之力。

也许是因为在风火山住得太久，一住就是二十载的时光，年年岁岁，他一住就是八九个月才下山，常年的风雪之寒，使他的身体已经耗尽了最后一点膏血。1980 年，当改革开放的新时代向他走来时，他已身染沉疴，时日无多了。弥留之际，他对来看他的院领导说："我一生最遗憾的事情，就是活着看不到青藏铁路穿越风火山的那一天。我死后，请将我的骨灰埋在风火山的主峰，我要看着列车从我的脚下通过。"按照他最后的遗愿，铁科院西北所的领导将他的骨灰一半埋在了风火山之巅，另一半安葬在了兰州的公墓里。

也许是在风火山当了监理的缘故，经历了缺氧胸闷和高原反应的王耀欣才渐次读懂了爸爸那一代人的不易，他们没有氧气，没有从格尔木拉来的半成品副食品和拣净的素菜，更不敢奢望在风火山设高压氧舱，完全是用生命之躯与恶劣的自然环境相搏，最后战胜了自然，融入了自然。对于这代人的理想主义情结，他由衷陡生了一种敬意，一种英雄主义的高山仰止。

那个星期天，轮班休息的王耀欣蹚过没有路的荒原，朝着这座冷山走去，终于站在了那堆土丘前。隔着一个寒凉的世界，他在父亲的坟前骤然长跪不起，未语泪已先流。"爸爸，从少年时代起，我就想走近你，你却拒人千里之外，在千里之外的风火山，你心中除了这座寒山，再没有妈妈和我。我那时感觉你像风火山的冻土一样坚硬冰冷，我一直恨你，拒绝你。可是当我在风火山上生活后，我终于真正读懂你了。我好悔啊，风火山并不远，也不高，我却走了整整二十年，才走到你的跟前。对不起爸爸，原谅我是一个不孝的儿子。"

2002 年 8 月 8 日，就在世界第一高隧风火山隧道即将贯通之际，王耀欣根据母亲的提议，从风火山返回兰州城，将爸爸的另一半骨灰背回了风火山，让一个完整的灵魂，永远雄卧在冷山之巅，看着火车从自己的脚下驶过。

中铁二十局青藏铁路指挥部指挥长况成明听说王耀欣要为爸爸重新刻一块墓碑，说："王所长是风火山上的功臣，这块墓碑，就由二十局为他掏钱制作吧。一定做得气派高巍，体现我们后代对老前辈的尊敬。"

王耀欣没有拒绝。

立碑安葬那天，风火山风和日丽，苍穹之上，一片蔚蓝，一簇簇白云染着斜阳，化作一片七彩的云霞掠过天空，只为一缕忠魂而舞。王占基的两处骨灰合在了一个新的骨灰盒里，中铁建青藏铁路指挥部、中铁西北科学研究院和中铁二十局青藏铁路指挥部等众多单位参加了这一隆重的仪式，坟前祭烧的冥纸化作一只只黑色的蝴蝶，萦绕于坟前不散。

王占基不幸，死于壮年。

王占基有幸，父子两代人都在风火山留下了自己的一段历史，一段等待列车越过山岭而来的历史。

祭山祭父祭心，王耀欣实际上是在祭自己的青春，悔啊，再没有经历过父辈们那样激情如火的年代。

风火山冻不僵的如焰激情

天渐渐阴下来了，雪后的风火山一半阴着，一半晴着。

随我一起采访的摄影记者，都拥向风火山隧道去拍照，唯剩下我，还在与孙建民有一搭没一搭地聊着。一个年轻人带着一条狗，守着一座风火山，一守便是二十七年，比师傅周怀珍还多守了五年。每天的日子就是蛰居在风火山上，身后默默地跟着一条黑狗，远眺日出日落，风起风静，雪落雪止，日复一日。重复的劳动就是抄着各种观测数据，然后数着自己每天的时日，一数就是二十七载啊。有关一个男子的青春期的躁动、情感、婚姻、家庭，都被这座冷山冰封了，要打开它，该需要怎样的采访功力？

黄昏渐次落下来了。

第一次见到孙建民时，风火山乌云笼罩，天空好像要飞雪了。我说在兰州见过他的师傅周怀珍，周师傅要我代他向弟子和风火山的坚守者问好。听到此，孙建民眼眶有点红了。或许人到了高海拔的生命禁区，情绪容易激动，又或许千里捎来的问候之语，确有无边亲情，触摸到了孙建民情感最脆弱的一隅。

"看看你和职工住的地方？"我突兀地提出了一个要求。

孙建民苦涩一笑，说："我可是二十七年没有在风火山洗过澡，那味道你受不了。"

"男人嘛，味道就该特殊一点才与众不同，那才叫男人。"我揶揄道。

"哦！"孙建民转身回望了我一眼，有点讶然。

不过，走进孙建民的房间，我所有的心理准备都在一瞬间坍塌，一股难以抑止令人作呕的异味迎面扑来，既有刚进藏包时浓烈的膻味，还有很久不通风的腐蚀味混杂其间，再加上衣服久不洗濯的油腻味，一个刚踏进去的人，哪怕多待几分钟都会被窒息。

偌大的房间空空如也，有个氧气瓶摆在床前，房间里除了睡觉的床，几乎没有别的东西，像桌子、床头柜、沙发、衣柜什么的，与家的温馨有关的东西，似乎都与风火山无缘，可是孙建民却将观测站视为家，在这里待了二十七年。

退出他的房间，我们找了一个小会议室坐下来。我单刀直入进行采访，询问的第一个问题让他有点愕然：当初为何当了风火山的逃兵，跑回兰州待了三个月，并不想再来了？

孙建民愣了一下，回答却大出我所料："想女人！"

看着我惊讶的神情，他突然有点痛快的感觉，然后话题委婉一转，说："作家，决非我故弄玄虚，我说的是大实话。那年我都三十了，在风火山上守了八年，一个八年抗战啊，还光棍一条。再待下去，恐怕要在风火山上做和尚了，所以我不告而别，搭着青藏兵站部的军车，先逃到格尔木，然后再逃往兰州。我当时连头都不回一下，发誓不再回风火山。已经对得起自己的良心了，毕竟我将一个男人最美好的青春都掷在这座山上了。"

"后来怎么又上来了？"我反问道。

"感动！"

"为何感动？"

"过了一些日子，周怀珍师傅从风火山上找来了。他一见面就向我道歉，说：'对不起啊建民，我这个师傅不合格，只会将你当作风火山的一头牦牛使，对你的个人问题关心不够。找对象的事情，我发动大家都来给你做红娘。'"孙建民似乎沉浸在一段早已经褪色的往事中，说道。

我禁不住捧腹笑道："周师傅也够爽快的。"

孙建民感激地说："他那个热情劲，整个就是我们西北人的古道热肠，恨不得将自己的心都掏给你，还嫌不够。他把单位里的老老少少都发动起来了，只一句，帮我的徒弟找对象。"

"对象找到了吗？"我好奇地问道。

"找对象又不是到市场上买东西，看中了就能成交的。"孙建民的目光投向了窗外的风火山。

"那你为何还是跟着师傅上山了？"我急于想得到一种答案。

"师傅带我去看了两个人。"孙建民已经平静得多了，说，"那两个人的事情，让我最终懂得了什么是风火山人。"

"请你详尽谈谈！"我觉得掘到了一口风火山的深井，像情感的冻土一样，掘到底可就是青藏高原地心里的烈焰。

孙建民点了点头，思绪重新回到了当年。

那个兰州城的血色黄昏中，师傅带着徒弟相了一个又一个对象，对方一看小伙子一表人才，工作又是铁路上的，很是满意，但一听要常年在风火山上守山，对方就不干了，他们悻悻而归。两个人从外边走到了铁科院西北研究所的大门口，师傅指了指蹲在门口修自行车的一个人，问："建民，你知道他是谁吗？"

孙建民摇了摇头，说："不知道，我只听别人说他是哑巴。"

师傅的语气很平静："他是我们风火山上张子安的儿子，老张与我在风火山守山观测冻土有好多年了。"

"师傅，你说修自行车的哑巴是张子安的儿子？"孙建民反倒惊诧万状了。

"是啊，"师傅说得非常肯定，"你听别人讲过他儿子是如何变哑的吗？"

孙建民摇了摇头，说："我一参加工作就跟着师傅上山了，与张老铁人在一起，他从不摆家里的龙门阵。"

说起门口这个哑巴，师傅的心情一点也轻松不起来了。

"那是一个很遥远的故事。当年我与张子安，就是被称为张铁人的，在风火山收集观测数据，大伙最盼望的事就是送东西的车子上来，四五个月来一趟，不但有米有菜有肉，最重要的是在每个男人心情快要崩溃时，会收到一封家书，一封慰藉心灵的家书。张子安老家在四川，媳妇是乡下的，他先收到的一封信上说一岁的儿子病得好厉害，身子烧得像个火球一样，哪样办法都想尽了，就退不下烧来，让他请假早点回来，带到县城或者地区的医院看看。信很短，尽是错别字，是猜着读的。但意思明白了。再后则是两封十万火急的电报，一封说儿子病情危险，命在旦夕，再一封说儿子死了。老张读着读着便坐倒在地上，眼泪落下来了，伤心欲绝。男儿有泪不轻弹，一旦伤心，就像风火山的棕熊失去爱子一样地悲号。未接到家书的人开始好失落，一看张铁人这样，反倒庆幸自己没有收到信。

"到了夏天，勘测和科研的大队伍上山了，张子安有个把月的假，回老家去看看妻子和爹娘。刚跨进家门，只见一个孩子在咿咿呀呀地叫，妻子出来了，他问这是谁家的孩子，妻子说是我们的儿子啊。张铁人问：'我们的儿子不是死了吗，怎么变成一个小哑巴了？'妻子抹着眼泪说：

'子安啊，你咋搞的，给你写信拍电报，就没有一点音信，孩子在我怀里死了，我就找来了一个木盆，把他放了进去，抬到家门前的这条江里，他爸爸就守在江的源头，喝的都是同一条江水，生不能父子相聚，魂总可以溯江而上吧，找他的父亲去吧。刚顺水漂出不远，婆婆于心不忍，扑到江水中一把抓回了木盆，将小孙子抱回来，放在竹床上。也许命不该绝，第二天早晨居然活过来了，却成了一个哑巴。'

"'儿子！爸爸对不住你。'张子安将儿子搂在怀里，亲了一个遍，吓得小哑巴哇哇乱叫。哑巴没有上过学，长成少年时，张子安将他们母子接到了兰州，让他跟着修自行车的老板当伙计，干了许多年，现在自己也能谋生讨口饭吃。

"你知道吗，有一年大雪将风火山住地的屋门冻住了，怎么也推不开，快到8点钟正式观测的时间了，张子安抱着仪器，穿着棉大衣从窗子里滚了出来，他说，哪怕天上下刀子都要观测啊。"

张子安离自己那么近，孙建民却没有想到他的故事居然像绕过风火山的高天流云、长江大河一样，让他震撼不已。

走进了西北研究所的家属院，周师傅说："建民啊，我还想再带你去看一个人，一个小女孩。"

谁家的小女孩？孙建民茫然不解。师傅真是与众不同，像翻阅一本风火山的历史话本一样，带着他一页一页地走进这些人的情感世界。

周怀珍告诉他是风火山上的第三任站长朱良恩的女儿。人家老朱可是文化人啊，自南京的大学毕业后，从江南支边到了大西北，后来当上风火山观测站第三任站长。有个春节就在山上与我们一起过的，把患有精神分裂症的妻子和六七岁的女儿扔到了家里。那小姑娘啊，不仅要照顾母亲，收拾家务，做饭给妈妈吃，还得去上学。到了春节的时候，妻子的病犯了，女儿实在没有办法，写了一封信，恳求爸爸下山来帮帮她，她实在应付不了母亲的病情。

信捎到了风火山，朱良恩一句话不说，低头抽了一个晚上的闷烟，第二天照样主持和分配工作。

到了夏天，朱良恩临时回去开会，到学校去接女儿，给女儿买了好多好吃的。女儿把东西扔在马路上，背过身去朝着大路往前走，不理爸爸。朱良恩追了上去，一个劲儿向女儿道歉。女儿哭了，说："我和妈妈最需要你的时候，你在哪里？"

"我在风火山上啊！"朱良恩回答说。

"那你为什么不下来呀？"女儿不解地问道。

朱良恩回答说："我带班，怎么能下来啊！"

妻子的病时而好时而坏，时而清醒时而错乱。朱良恩回到兰州时，恰好她的病相对稳定了，她指着丈夫说："我写信，你不下来，女儿自己写，恳求爸爸，你也没有下来啊，风火山的男人都这样，生活在魔山上，都成了六亲不认的风火魔王了。"

朱良恩只有苦笑，他无法给妻子和女儿解释……

"我怎么在山上没有听过这些故事啊？"孙建民遽然问道。

"风火山的男人啊，都是一群爷儿们，爷儿们自然有爷儿们的侠骨柔情，谁会说这些婆婆妈妈的事情。你没有看过朱良恩凡在办公室里提起这段事情，就一句不吭啊。那是一种男人的心痛，痛彻肺腑啊。"周师傅用一句话将男人的情感世界托了出来。

暮色中的兰州城中万家灯火渐渐亮了起来，孙建民在家属楼前停下了脚步，说："师傅，我不上去了，我回去收拾一下东西，明天就跟你上风火山去。"

"你相对象的事情还没有着落啊。"周怀珍感叹地说。

"以后再说吧！"孙建民觉得与张子安、朱良恩比，他那点儿女情长终身大事，实在不值得一提。

孙建民跟着周怀珍上山了，一守就又是十九年。

有一年夏天，孙建民第一次领略了风火山的滚地雷。滚地雷从风火山的顶上咔嚓而下，一个粉红色火球，朝着他们住的房子滚了下来，突然钻到伙房的烟囱里去了，然后又奇迹般地钻了出来，也未引起爆炸，却让人有点胆战心惊。而冰雹砸下来的时候，居然有鸡蛋那样大，人若躲闪不及，便会被砸个鼻青脸肿。

还有一天，他跟着师傅观测回来，只见一只狼正在院子里坐着，仿佛就在自己的家里，丝毫没有闯入别人庭院的担忧和害怕，瞅着他们一动不动。好在两人手里都拿着枪，周怀珍已经见怪不怪了，朝着孤狼大声吆喝，将狼赶出了院子，才和徒弟返回屋里。

过了一些日子，风火山的一头棕熊将小熊丢了，老棕熊天天来山下转，转了一周时间，才悻悻而去。那些日子，孙建民仍然跟着师傅上山，只是手里的枪一时也不曾离开。

坚守到第二年大队伍上山来了，可以暂时替换周怀珍几个下山了。周师傅带着孙建民他们回兰州休假，到格尔木城里要住旅社。由于将近十个月没有洗过一次澡，长长的头发披在肩上，浑身有一股难闻的膻味，熏得人都有点待不住了。他们三个人在山上，一年只有四立方米的水，从纳赤台拉过来，二百多公里的路程，水比油还金贵，根本舍不得用来洗澡。服务员一看他们的打扮，便将他们的工作证扔出来了，说不给他们住。

"为啥?"周怀珍有点茫然不解。

"你们像座山雕，不能住我们这里。"

周怀珍苦涩一笑，连忙将旅社的经理找来了，说明情况之后，得到老板允诺，才找到了暂时栖身之处。

"那年下山，你的婚姻大事终于瓜熟蒂落了?"我仍然关心孙建民的婚姻。

他摇了摇头，说："连旅馆里的服务员都将我们看作座山雕，哪个姑娘会嫁我。"

我沉默，不知该问什么好，但是我仍然想知道孙建民的婚姻大事。

或许他早已经窥透了我的心思，便对我说，他的第一次婚姻很失败。那段婚姻对他来说既是一种幸福更是一种痛楚，有点不堪回首。他从未对前妻说过一个"不"字，毕竟婚前婚后，两个人待在一起的时间屈指可数。他反倒感激两个人在一起的时候，前妻所给予他的幸福时光。但是分多聚少，尤其是有了家有了孩子之后，全部的家务都压在一个女人身上，一年在一起的时间不到一个月，换成哪个女人都难以坚守得住。因此，当妻子向他提出离婚的时候，他一点也不觉得突然。

心痛了好长时间之后，孙建民才有了自己的第二次婚姻。

"你的第二次婚姻幸福吗？"

"'幸福'这个词多奢侈。记得有位作家说过，婚姻就像鞋子，合不合适，夹不夹脚，个中滋味，只有自己知道。"孙建民的回答一下子使他变得像个风火山上的哲学家和诗人。

我已经明白了孙建民的意思。

当年，铁道部领导来到风火山视察时，看了风火山观测站四十年间留下来的 1200 多万冻土数据，感叹地说："风火山观测站对青藏铁路功不可没！"

2006 年 7 月 1 日，当列车驶过风火山的时候，孙建民落泪了，那泓纵横的热泪，怎么擦也擦不干啊。

第三章　极地极限

口也渴极了，

水也喝足了。

但初解渴的泉源，

请印上心版，

永莫忘掉。

——六世达赖喇嘛仓央嘉措情歌

唯一个案，出师未捷身先死

魏军昌将玉珠峰前勘察的留影封好后，投进了信箱。未承想，这居然成了留给妻子的绝笔和遗照。

再过两个月，他就要当爸爸了，妻子十月怀胎，分娩在即。从 2001 年

2月25日跟着铁一院兰州分院进入昆仑山腹地之后，他所在的三队一直担负昆仑桥至西大滩的铁路走线的定测任务。5月下旬青藏铁路就要招标，6月29日举行开工典礼，铁一院的勘测钻探时间一再被压缩，林兰生院长跑到前方来督战，青藏铁路项目总工程师兼铁一院青藏铁路指挥部副总指挥长李金城下了最后通牒，3月底必须拿出格尔木到纳赤台70公里的定测技术资料，图纸设计人员已进驻格尔木市的鑫苑宾馆，随时展开路基工程设计。副院长尹春发只好将六队从西大滩调了下来，加强三队，把中线横断面和桥跨样式做出来了。同时，调来了54台钻机，25天突击完成了任务。

一切都在按时间节点全线铺开。魏军昌从西南交大毕业五年多了，学的是地质，是队里勘测的中坚。从南山口进入昆仑山谷地后，手机便没有信号，与妻子的所有联系都中断了。他们在茫茫雪野里没日没夜地测至5月10日，最终完成了第一阶段的攻坚任务，才撤到格尔木休整，准备第二阶段攻坚土门至安多无人区，跟随李金城做最后的突击。

那天到格尔木市里，顾不得两三个月没有洗澡理发，他急不可耐地先寻找街边的IC电话，拨通了妻子的电话。已将近三个月没有丈夫消息的年轻妻子哽咽了，喃喃地说："军昌，孩子在肚子里踢我，在悄悄喊爸爸呢！你听到了吗？"

"听到了！"魏军昌听到妻子的第一句话，泪水哗地流了出来。

"想我和肚子里的孩子吗？"

"想死了！"

"可我看不到你呀！"

"我在玉珠峰前拍了照片，那里常年白雪皑皑，青藏铁路的轨道就从山峰之下通过。玉珠峰像个美丽的新娘，像你一样，每天俯瞰着铁路，深情地注视我。"

"军昌，你好浪漫啊，寄一张给我行吗？"

"好！"魏军昌在电话中答道。

可是当照片最终冲洗出来时，离第二阶段上唐古拉山、挺进无人区只剩最后一天了。

寄走照片，魏军昌带着几分眷恋走回了宾馆。不知怎的，突然松弛下来了十几天，他觉得身体极度疲惫，未承想会为高原病埋下祸根，病殁天路。

27日天刚拂晓，勘测队伍便出发了。兰州分院三队担任的是唐古拉越岭地带土门至安多无人区的勘测。

好多天的勘测路程，上风火山，过长江源，越开心岭，翻唐古拉山，到安多时已近黄昏。远处的雪山仍然白雪如冠，沉落在血色苍茫之中，而海拔由2700米陡升至4700米，已是生命的禁区。过去曾有人想在这里种树，却无一棵生存，旷野无树，却有干冷的雪风袭来。魏军昌压根没有想到这里竟然成了自己最后的天堂。

靠前指挥的兰州分院原本要住电力宾馆的，可是一个月四万元的租金，让他们觉得花得冤枉，便租借宾馆对门的安多县粮食局的房子。安营扎寨之时，也许体力消耗过大，魏军昌觉得浑身疲乏，话也不愿多说，眼睛呆滞地眺望着远方，似乎在想自己的重重心事。

"小魏，你怎么了？"队长刘思文询问。

魏军昌反应迟缓，说头昏沉沉的，一点精神也没有了。

5月30日那天，三队队长刘思文和副队长刘松见魏军昌和另外两个病人精神萎靡，饭也没有吃，便带他们到沈阳市定点援建安多县的急救中心看大夫。内地援藏的大夫显然缺乏高原病防治的经验，仅仅说是高原反应，打打针吸吸氧就会有改善的。潜伏的危机并未引起足够的重视，没有及时将病人往海拔低的格尔木医院送，结果生命中最宝贵的时间给白白耽误了。

晚上9点多钟，副院长尹春发抵达安多，连夜召集询问上山后的安营情况。刘思文说队里有三个病号，还特别提到了魏军昌。

"严重吗?"尹春发不敢有丝毫怠慢。

"急救中心的医生说是高原反应。正在打针吸氧。"

"千万不可掉以轻心。安多不比昆仑山,是最不适宜人类生存之地。"

刘思文点了点头,说:"我们会密切观察的!"

或许高原病暗藏的杀机和恐惧,注定是要以一个大学生之死作为高昂代价来提醒人们的,5月31日这一天又被忽略了。

下午,正在安多的尹副院长接到指挥部的电话,说铁道部建设司顾聪司长明天要到安多检查工作,看望一线定测的干部职工。放下电话,尹春发还专门安排顾司长到三队时去看看魏军昌,他们是西南交大的校友,有可聊的话题。

"小魏,顾司长来看你了!"尹春发站在一旁道。

魏军昌只是默默地点了点头,说话有气无力。此刻的他反应近乎迟钝,虽然吸着氧,眼前却是一片混沌,灵魂飞扬得很高,朝着唐古拉山麓踽踽独行,前方似乎有一个雪山女神,飘飘而上,往雪地天堂翩跹而去。

当时青藏铁路的大部队尚未上去,人们还未了解到患了高原病的人一般分成两种类型:一种是狂躁型的,病发之时显得格外兴奋,烦躁谵语,有如酒徒式的高亢吟啸;另一种却是抑制型的,沉默寡语,表情呆滞木讷,两只眼睛一点儿神也没有,像被一场寒霜打蔫的叶儿,耷拉着脑袋,抑郁终日。

那天,顾聪司长是魏军昌见到的最后一个高官和校友,可是他一点儿说话的兴致和精神也没有,神色漠然,高原病魔已遏制住他的生命之魂,俯瞰尘世中的人匆匆走过,仿佛灵魂已剥离了自己的躯壳,唐古拉山上风马旗招魂的灵幡,朝他发出诱人的微笑,他要顺着印在经幡上的六字真言的吟诵和雪风搭成的天梯,将自己送入天国。

下午4时,刘思文就给尹春发打来电话,焦急地说:"小魏病情加重了!情况不妙。"

"一个多小时前见顾司长，不是还好好的？"尹春发猝然一惊。

"如今已说不出话了！"刘思文焦急地说。

"马上送下山去，格尔木市有解放军 22 医院，条件比较好。"尹春发交代道。

"我们队上没有车！"

"用我的三菱指挥车送，朱惠强教导员在格尔木，让他照顾小魏。"尹春发答得果断而又迅速，但为时已晚。

撂下电话，尹春发一步跃出门去，大声喊自己的司机刘可智，神色一片惶然："可智，快开车到三队，接上魏军昌，将他送到格尔木去！"

"有医生吗？"刘可智多问了一句。

"没有随队医生，三队派一位搞地质化验的女同志与你一起送，好一路照顾。"尹春发交代自己的司机。

刘可智驾车驶到了三队的门口，进屋将魏军昌抱上了车的后座，由一位女化验员陪着，然后风驰电掣般地朝着唐古拉山方向驶去。

尹春发看了看表，此时恰好是下午 4 点 12 分。

或许，当时若有人略懂点预防高原病常识的话，应该力主送往那曲、拉萨方向，而不是格尔木，那样小魏可能还有几分获救的概率，因为从安多县城重返格尔木，沿途要经过海拔 5231 米的唐古拉山和海拔 5010 米的风火山，两座貌似不高的山麓犹如高原病患者跨越生死冥界的两道界碑，逃过了第一劫，还有第二劫悄然等待。

傍晚 7 点 30 分，西藏的天空暮色未至，可是乌云已开始涌向这座高原小城，西边天际的彩霞燃尽了最后一息，渐成炭黑，扑扇着黑翼的昏鸦悠闲地在旷野里散步。尹春发无暇欣赏高原小城的血色苍茫，坐卧不安地来回踱步。这时，办公室里的电话突然响了，传来了驻雁石坪定测地段十二队教导员张各格焦急的声音："尹院长，魏军昌病情非常非常重，医生抢救了一下，让立刻往山下送。"

"我这就联系沱沱河兵站，请他们做好抢救准备！"尹春发此时已焦急万状，"你马上跟过去，停止所有生产，全力抢救！"

尹春发拨通了沱沱河兵站教导员的电话，请兵站医院全力帮助抢救。

刘可智开着三菱指挥车于8点多到了沱沱河兵站医院，他迅速跨出车门，抱着小魏进了医院。抢救了五十分钟后，小魏的瞳孔已经放大了。但是他们仍然抱着最后一线希望，往格尔木市人民医院送。尹春发接到小魏不行了的电话后，仍然给格尔木医院打去电话，请他们派救护车从昆仑山下迎上来，进行最后的抢救。

然而，所有的努力都为时已晚。到了晚上9点多钟，虽然送魏军昌的车已驶离长江源，正往风火山、五道梁的方向疾驰而去，但他已经越不过第二道生死关了。

此时，尹春发正带着汽车队长李永庆、三队队长刘思文登上一辆依维柯，翻越唐古拉，往格尔木市匆匆赶去，为魏军昌安排善后。车驶出安多县城后，沿途公路上狂雪飞扬，一场罕有的大雪覆盖了唐古拉山以南无边的旷野。冷雪飞舞之中，能见度已降至最低点，等车缓缓驶上唐古拉山顶，公路与山坡沟壑已连成了一片，每行驶五分钟就得停下来擦挡风玻璃上的冰雪，铁一院公安段的侦查员岳利新干脆跃出车门，走到车灯前边探路，以身体导向。赶到雁石坪，已经是深夜12时了，他们敲开十二队的临时帐舍，一一询问有没有病号，吩咐大家注意，凡有病者，都跟收容车下山。可是有几个生病的职工，却不愿下山，说要为最后的决战奉献绵薄之力。

尹春发在雁石坪停了半个小时之后，又匆匆往沱沱河方向赶去。

此时仍在旅途中的魏军昌已经气息全无，心脏也停止了跳动。送他的车子在不冻泉与格尔木市人民医院的救护车相遇，急诊医生上车继续抢救，6月2日凌晨2点抵达格尔木市人民医院时，护送他的司机刘可智，边哭边抱着他冲进急救室，却发现小魏已经僵硬在自己的怀里，一点生命的体征都没有了。"军昌，我抱你上车时，你可是好好的啊，兄弟，你要挺住，你就要出世的孩子需要你，砸锅卖铁供你读大学的老母亲需要你，马上就要开工的青藏铁路更需要你啊！"

格尔木市人民医院的专家抢救了四十分钟之后，终于放弃了。

奔驰在天路上的尹春发还在默默等待着奇迹发生，赶到西大滩时，已是凌晨4点，两位女化验员郭向前、魏春梅见了他，号啕大哭，他这时才真正意识到年轻的工程师之死，对这支队伍所造成的震荡和阴影。

一路狂奔，一路安定军心，到了上午11点，尹春发的车才赶到了格尔木市。他在给副指挥长李让平报告时，怆然泪下，大哭道："指挥长，我对不起组织的信任，我损了一名干将，一个年轻的勘测工程师啊！"

晌午空气清冷，天一边阴着一边晴着。尹春发的心如天上涌动的阴霾，他率队走进格尔木市人民医院抢救室，发现躯体上已卸下了抢救器械的魏军昌赤裸地躺在手术台上。生死之间竟然如此相似，前尘已经注定，赤身裸体地来，二十几载短暂如梦，又一丝不挂地离去，什么都没有带走，却留下了亲人骨肉永远的离痛。他觉得愧对魏军昌的家人，一种沉重的负疚感在心中涌动。他挥手叮嘱身边的人道："马上去格尔木买最贵的皮鞋和名牌西装。"

"尹院长，请别激动！"陪他而来的医院贾院长说，"中国有一个传统，人死了，不能穿毛的、用皮的，只能买棉的东西。"

"军昌，委屈你了，我的兄弟！"尹春发扑了上来，抱着魏军昌赤裸的遗体泫然泪下。

死神之翼掠过唐岭

唐岭之上，折损一位优秀学子，尹春发很内疚，他将辞职报告发到铁一院院长办公室。

"胡闹！"铁一院院长林兰生在电话中将尹春发臭骂了一顿，"尹春发啊，你以为就只有你会自责，就你知道心痛。6月1日晚上，我也一夜无眠，期望小魏第二天早晨能够醒过来，回到我们中间，可是人死不能复生。现在不是问责板子该打到谁身上的时候，而是要稳住山上的队伍，按时完成定测，设计出施工图纸，保证6月29日青藏铁路正式开工，眼下最要紧的是处理后事。我当过知青，一个农村家庭培养一个大学生多不容易，我们应当为他们办点实事。"

"我明白了，林院长！"尹春发答道。

撂下电话，林兰生倚在椅上呆呆地出神，心中挥之不去的是刚才那句话：一个农村家庭培养一个大学生多不容易。

"铁道部傅志寰部长上青藏路考察，已经到了格尔木，要不要向他报告无人区高原病死人的情况？"院办主任问林兰生。

"当然要报告，不过得等小魏的后事处理完了。"林兰生感叹道，"我担心山上有的职工会谈高原病色变，走不出死人的阴影。"

林兰生的目光忧虑地投到了唐古拉山之上。铁一院兰州分院三队一位年轻地质工程师之死，造成的心理威慑和恐惧是灾难性的，死神之翼似乎巡弋在生命的天空，三队的干部职工情绪低落，一蹶不振，有八个人下山到了格尔木不告而别，十四人住进了那曲地区医院，卧床不起，人心散了。虽然已在安多为魏军昌开了追悼会，可是仍然有不少职工指责领导对职工的生命漠不关心。

"这种状态绝不能再继续下去了！"林兰生颇有几分激动，"仅仅壮烈了一个人，就溃不成军，如果走不出高原病死亡的阴影，兰州分院难以担当起实现几代铁一院人青藏铁路的大梦。"

于是，组织调整的方案率先出台了。三队队长刘思文和教导员朱惠强被撤职了，由杨红卫科长代理队长，公安段的科级警长岳利新被任命为书记。

在研究副队长刘松的去留时，兰州分院的一位领导建议也一并拿掉。尹春发挺身而出承担责任说："如果要拿掉刘松的副队长，那就先拿掉我算了，抢救失误的最大责任在我，而不在下边，一切责任都由我来担着。"

尹春发作为前线指挥长，说话仍然有分量，刘松最终保下来了，继续当副队长。

接下来，队伍暂时后撤，三队先从唐古拉山顶上撤下来，完成雁石坪到温泉相对平缓的一段的勘测，缓一步再挺进无人区，什么时候准备好了，什么时候进去，不打无把握之仗。

最大的举措是消除职工心灵上的死亡阴影，给每个队都配备具有高原病专业知识的医生，请高原病专家、格尔木市人民医院内科主任张学峰上山讲解高原病预防知识，铁一院医院派出医疗小分队在安多设点，层层防护，御高原病于身体和队门之外。

队伍的情绪渐渐稳定下来了。

"该向傅志寰部长报告魏军昌之死的情况了！"6月9日到了拉萨，在下榻的宾馆里，李宁副院长详尽地汇报了魏军昌患病、送下山抢救、病殁途中和留下一个遗腹子的情况。

说到悲怆之处，李宁哽咽无语。

傅志寰部长也不禁热泪纵横，沉默了片刻，他对随行的铁道部考察官员长叹道:"我们交了一笔沉重的学费,魏军昌同志壮烈殉职,死得其所,他以生命之躯预先给我们敲响了警钟。6月29日开工后,大批的队伍很快上来了,能不能站得住,关键要看预防高原病卫生措施是否到位。我有一个课题要拜托各位,青藏线可否做到不因高原病死一个人!"

"青藏铁路不能因高原病死一个人!"这是国家为上青藏的队伍定了一个生命海拔的标尺。这对刚折损了一位年轻工程师,而卫生医疗条件仍不完善的勘测队伍来说,无疑是一个巨大的挑战。

铁一院三队新任队长杨红卫越来越不想吃饭了,魏军昌病逝后,队里职工的情绪仍旧不稳,他每天都跟着队伍上工,翻山越岭,越涧过溪,一天要在海拔4800米的山岭上走十五公里,中午啃的是冷馒头,身体素质越来越差,老胃病又犯了,还极度缺氧,一天走下来,几乎不想吃什么东西,身体极度消瘦,突然发生了胃出血,一连三天。最后一天出去定测之时,杨红卫突然晕倒了,瘫倒在荒野云天里,被职工们抬了十五公里送回来。

尹春发到三队去看杨红卫时,他正躺在医务室里输液。从西宁人民医院聘来的向大夫伫立病榻前,见到尹副院长,连忙呼吁:"杨队长病情危重,要赶快下山,多待一分钟,就多一分危险!"

"马上送!"有魏军昌的前车之鉴,尹春发不愿重蹈覆辙,连忙派人陪着杨队长下山,让他们找格尔木市人民医院内科张学峰主任救治。

下午4点钟,车驶进了医院,杨队长一跨下车门便栽倒在地。医院下了病危通知书,让领导来签字,尹春发匆匆赶来了,恳求张学峰主任说:"兰州分院不能再死人啦。无论如何,你都得给我抢救,不论花什么代价,我只要一个活人。"

"尹院长,我不妨直说,杨队长的病很危险。"张学峰坦诚地说,"不过,我会日夜守在病床前。"

"谢谢!"尹春发紧紧地握着张学峰的手,说,"等着你妙手回春。"

经过一天一夜的抢救，杨红卫终于脱离了危险。听到此消息，尹春发紧绷的神经才松弛了下来。

可是无人区仍然险象环生。那天，尹春发正好在无人区里指挥最后突击，一个从山下带上去的民工突然晕倒了，不省人事，原来是潜隐多日的高原病未被发觉。从西宁人民医院聘来的胡大春就地抢救，民工表情冷漠，神志委顿，生命体征及反应一点也没有了。从未见过如此阵势的胡大夫见了尹春发不禁号啕大哭，尹春发安慰他说："你是医生，关键时刻，只有你镇静，才不会乱了方寸，你全力以赴抢救，出了问题，我们担着。"

胡大夫终于镇静下来了，按高原病的方案进行抢救。这时，安多县医院的救护车也赶来了。

那个民工最终得救了，但是巡弋在唐古拉之上的死神，确实让大队伍上山前的勘探队员们一片心悸。

偌大的工程，似乎在等一个人，一个人的青藏高原和他的传奇。

马背院士吴天一

上青藏铁路，我每次都在西宁换乘。

那天从北京飞至西宁后，时值中午。上格尔木的列车要晚上8点才开，放下行囊，时间尚早，还有一个下午的时间无法打发，我便请青藏铁路公司的人联系吴天一院士安排采访事宜。因为三年在青藏铁路一路走下来，讲吴天一传奇的人太多了。皆云，修建青藏铁路能够实现高原病零死亡，吴天一功莫大焉。

在金轮宾馆等待时，青藏铁路公司办公室徐主任打通了吴天一的电话，说采访的事情。吴院士婉言相拒了，说他与记者谈得太多了，就不谈了吧。

慕名而来，眼看采访就要泡汤，唯有亮出自己的底牌，以期最后的争取。我接过徐主任的电话，恳切地对吴教授说："我是中国作家协会派来采访青藏铁路的作家，是第二炮兵政治部创作室主任，不是小报记者。我知道您接受过许多记者的采访，但是作家的视角和写作模式，与记者迥然不同。"

"哦！"吴天一教授有几分讶异。

我从吴天一院士的语气中感觉到了他并非拒人千里之外，于是换了他最感兴趣的话题，谈起了自己最初对高原的恐惧之状，说："吴教授，你知道吗，我第一次走青藏路是跟随西藏自治区原第一书记阴法唐，还在格尔木适应了几天，可是上山的头天晚上，我却一夜无眠。"

吴天一院士笑了，问我："紧张什么？"

"那紧张和恐惧感就像上刑场，担心自己一去不复返，壮烈在唐古拉山上。"

"呵呵。"吴天一院士在电话中笑了，"真有这么恐怖？"

"真的，一点也不夸张！"我回答说。

"是有这种情况，许多人第一次上青藏路心理负担都太重。"吴院士似乎认同我当时的感受。

我话题一转："吴院士，我曾经采访过青藏公路总指挥慕生忠将军和川藏公路总指挥陈明义将军。您可是我心仪已久的高原病学专家，写青藏铁路，如果没有您的出场，就会缺少应有的魅力。"

"你今年多大岁数？"吴天一突然对我的话感兴趣了。

"46 岁！"

"好，你来吧，我接受你的采访！"吴天一告诉我他家所在的小区和门牌号。

吴天一教授

气喘吁吁爬上六楼，按门铃之际，连忙扶着门框，以倚着身子，而怦怦乱跳的心已蹿到嗓子眼儿了。西宁的海拔虽然只有2000多米，但高原反应颇像一个道谋和法力很深的老者，其貌不扬，却在平淡中蛰伏淫威，让我在拾级而上中领略了杀机四伏。

铃声未尽，吴天一院士开门而现。他身着一件红色的羊毛衫，脸庞上染着高原常见的铜色，头已谢顶，戴着一副眼镜，颇显儒雅之气，与内地专家学者并无二致。

晌午的秋阳暖暖的，泻进客厅里。吴天一院士倚在沙发上，笑眯眯地凝视着我。当我开启访谈大门时，蓦然发现自己走进了一部历史、一个传奇。

惊天发现竟在无意之间。我问吴天一教授："你是本地的汉族吗？"

"不是！"他摇了摇头说，"我是塔吉克族。本不姓吴，我的塔吉克父名叫依斯玛义尔·赛里木江！"

这下轮到我惊异了："你是塔吉克族，叫赛里木江，那怎么又会姓吴呢？"

"说来话长！"吴天一望着映在他家玻璃窗上的云彩，那段被岁月烟云湮没的往事，从青海长云里浮雕般地凸现。

20世纪30年代初，在新疆迪化（今乌鲁木齐）通往西安的西域之路上，有一个叫依斯玛义尔·赛里木江的塔吉克族青年，跟着几位维吾尔族首领家的世家子弟，骑着骆驼，赶着马车，在新疆枭雄盛世才卫队的护送下，穿越吐鲁番、哈密，入甘肃柳园，踏入了西北王马步芳控制的河西走廊，他们兜里揣着国民政府中央大学的文学系录取通知书，最终目的地是秦淮河边。

而这个叫依斯玛义尔·赛里木江的青年人，便是吴天一的父亲。他回首朝戈壁尽头的地平线眺望，远在天山之南的故乡喀什，早已沉落在大漠孤烟直的远天里，前边祁连山上残雪点点，阳光折射在戈壁上，岚气氤氲，青烟锁成一片蔚蓝的海，一座海市蜃楼在沙海中漫漶崛起，真的是自己理想王国中的海市蜃楼吗？依斯玛义尔·赛里木江在问自己，也在叩问浩瀚戈壁。

蒋介石政府的统治权杖伸到边域后，为笼络少数民族首领，培植心向汉地的青年才俊，特意在中央大学开设了少数民族班，将新疆、西藏和云南的土司、贵族及部落长老子弟招来学习，依斯玛义尔·赛里木江成为其中一名赴中央大学文学系学习的塔吉克族世家子弟。此去经年，他欲学成后回到家乡报效自己的部落和人民。谁知抗日战争爆发，他再也回不去了，便取汉名吴中英，留在烟雨江南，娶了一个叫吕胜华的苏州师范毕业生，编辑了中国第一部塔汉语言大辞典，成了一位著名的塔吉克族的语言专家。但是金陵城的平静日子只是昙花一现。淞沪会战后，南京陷落前，夫妇俩带着仅两岁的儿子吴天一跟着南迁的大学跑得快，才躲过了南京大屠杀的喋血之劫。

吴中英夫妇在兵荒马乱的年月里一路南迁，长沙、湘西、贵阳、昆明，最后辗转到陪都重庆。七载烽火梦断，终于迎来了抗战胜利，"漫卷诗书喜欲狂"，他们迁回金陵，这时已经有了四个孩子。为养家糊口，吴中英成了银行的职员，妻子成了一名小学教员，过了两三年的平静日子，但内战兵燹又起。而这时吴天一已考入了中央大学附中，读初二，操一口款款吴语。塔吉克语如碎片似的残留在脐血相连的乡愁里。

1949年的人间四月天，王谢庭前的燕子似乎随着一个王朝的覆灭而远遁，最终成为一种遥远的记忆。

那个周末，吴天一从附中回到家中，只见地上一片狼藉，细软衣物都被收进了寥寥无几的几只皮箱。爸爸妈妈的脸上一片焦急，待他走进门来，母亲一把将他拽进怀中说："天一，快点收拾一下，咱们晚上就走。"

"走？往哪儿走？"吴天一一头雾水。

"解放军就要兵临城下，你爸爸随银行迁往台湾。赶快收拾一起走，今天晚上我们就从下关上船。"妈妈一脸无奈的神情。

"我不走，我的同学们都不走。"吴天一的口吻很坚决。

"为什么？"妈妈显然有些不解。

"我们的学校很好啊，到了台湾，再不会有这样的好学校了。"吴天一认真地说，"老师同学都要留下，说要迎接解放军进城！"

"随孩子吧！"站在一旁的父亲吴中英喃喃地说，"天一已经长大了！"

"大什么，他才十四岁呢！"母亲在一旁说道。

"我们天山上的雏鹰总是要离巢的。"吴中英叹道，"只是国破山河碎，飞得早了一点。天一大了，由他自己选择吧。"

妈妈转过身去，双肩抽动着哭了。

晚上，扬子江上江雾迷茫，站在下关码头上，挥手辞别父母亲和弟妹的一瞬间，吴天一的泪水突然涌了出来。离乱之世，他没有料到会造成一个家庭永久的别离，隔着一湾浅浅的海水，隔着一个遥远的大洋，这种血浓于水的暌隔和等待居然这么漫长，从少年等到青年，又从青年等到了壮年。

不过，他最先等到了人民解放军进城，一队穿着布鞋的士兵冲进了总统府，远望着青天白日旗缓缓坠落，站在迎接解放军进城人群中的吴天一听到了蒋家王朝崩溃碎裂的声响。红旗冉冉升起，伴着紫气东来的扬子江面的朝霞喷薄而出，他跳着蹦着喊着欢呼着，不知为谁而歌而哭。

激动过后，拭去少年离泪。吴天一周末回到曾经住过的那条老街，才发现家已不在，也没有一个可通家书的亲人。踯躅街头，断鸿声中，倏地有了一种不知归处的茫然。

当朝鲜战争的战火烧到鸭绿江边，许多热血青年纷纷登上东去的专列，投身到抗美援朝的激流中时，吴天一的热血被点燃了，他毅然投笔从戎，胸戴大红花，唱着"雄赳赳气昂昂"的志愿军战歌，只身走向战场。然而，这批学子刚到鸭绿江边，就被志愿军后方司令部扣下，一锅端到了东北的中国医科大学军医班，学制六年。抗美援朝牺牲的惨烈，让志愿军高层将领清醒意识到太需要受过正规学历教育的医疗骨干了。

吴天一在中国医科大学读了六年。毕业之时，恰好是一代年轻人被理想和激情所诱惑的年代，他踏上西行列车，到青海省一家部队医院当了军医，开始了策马昆仑的人生之旅。

生活在高原之上，举目是千里的枯黄和焦灼，伴着雪风长驱的尖啸，数百里内没有一点人间的烟火。但这从未让他绝望，相反，他以一个医学家的睿眸，独特地发现了一片学术的厚土和高地。

第一个惊天发现是在"大跃进"年代。当时为了填补青海的寥廓无人烟，政府从河南等地西迁了不少人，结果到了冬天，许多老人孩子纷纷罹患感冒，最终不治而亡。1962年中印边境自卫反击作战期间，驻西宁的陆军第55师奉命参战，兵车西行。吴天一的多位大学同学奉命出征，过昆仑，越唐古拉，经拉萨，往错那方向的喜马拉雅山南坡推进。胜利归来的同学告诉他，有的战士在发起进攻的冲锋时猝死，还有的仅仅患了感冒，却也死了。这是为什么？又是高原感冒，又是高原性猝死，内地汉人在雪域高原上惊人相似的死亡，令吴天一一跃而起。1963年，吴天一在《军事医学参考资料》上发表了一篇关于高原肺水肿的综述论文，并提及了高原肺炎和肺充血症。

这是他迈向高原病学的第一个台阶。

1965年，在《中华内科》杂志上，他在全国第一个报道了"高原性心脏病"。此时，他已是一个在高原病学领域颇有造诣的心脏病专家。携着这些成果，他于70年代告别了十多年的军旅生涯，转业到了青海省人民医院。但是，他仍在等待着机会。

那一年，老红军谭启龙将军来到大西北，担任青海省委第一书记，他踏遍黄河青山，却在途中翻车，导致心脏病犯了。省卫生厅紧急召见多位专家和吴天一一起参与抢救。最终，吴天一从高原心脏病的角度优化治疗方案，不仅保住了省委第一书记的性命，还给领导留下了深刻印象，从此将他邀为保健医生，不离左右。

因为经常出入省委大院，得以口无禁忌地向省委领导建言，吴天一向谭启龙书记献策，说过去、现在乃至将来，都会有大批的汉族干部到青藏两省区工作，过去高原缺氧引起的疾病和死亡一直被忽略了，其实发病率很高的，应该专门成立一个高原病学机构来加以研究，而青海省更是义不容辞。

谭启龙非常支持他的这一建议，很快报卫生部审批。不久，国务院备案的"青海省高原医学科学研究所"便批了下来，吴天一是其中的几位元老之一，他先任脑内科主任、副所长，后任所长，最终成为中国第一位高原病学院士，也是青海省唯一的一名院士。

但是院士的成功，却是从最初的高原病大普查开始的。从1979年至1985年，吴天一主持了历时六年之久、覆盖五万人之众的急慢性高原病大调查。一匹藏马，一双铁鞋，踏遍长河冷山千重，足迹遍及青海省境内的所有藏区和县份，对象则是生活在海拔4000米以上的生命禁区的藏族和汉族同胞。吴天一长期待在藏族居住最多的果洛、玉树、唐古拉进行观察，先后治疗了两万多例病患，获取了大量的数据。

藏民族为何能雄居世界屋脊，千年不衰？他们的身体生理和生存方式，引起了吴天一的极大兴趣，他特别针对藏民族能在海拔4000至5000多米的地方生存下来，从病理、生理和红细胞的携氧量等方面做了大量的科学的调查和研究。

1980年的一天，吴天一根据多年的潜心研究，写了一篇有关医学科普常识的文章《高原适应的强者》，刊在了《光明日报》上。他的结论是，援藏的汉族同胞欲在那块生命的秘境生存下来，须迈过一道道生理和病理的雄关。

可是在当时刚向世界洞开厚厚的大红门的中国，纷至沓来的各种思潮，淹没了人们对它的注意。然而，他本着一颗青藏高原心，仍旧纵马藏区，将寒山黄河，将可可西里拴到了自己的马鞍之上，从未想过要离开这片神奇的土地。他一步一步地横穿青藏，穿越世界屋脊，走向世界高原病学的另一片山峰。

最精彩的一幕是在极地高原青海藏区的阿尼玛卿山，吴天一携着藏地风，与大和民族进行了一场高原适应性的躯体与灵魂的对决与较量，赢得非常漂亮。

那年夏天，国际高原医学会确定了一个世界级选题，在一个生活于海平面的民族与一个生活在青藏高原的民族之间进行一项庞大的人体对高原适应的综合性研究，最终筛选了中国人与日本人进行对照。两个队各十名队员，日方队长是日本松本市信州大学校长、高原病学专家酒井秋郎，中方队长则是马背上成长起来的高原病专家、青海省高原医学科学研究所所长吴天一，大本营设在阿尼玛卿山4666米的营地。酒井先生似乎志在必得，从 1985 年他就带队来到了阿尼玛卿山，建立了高山实验营地，坚持了五年的实验，最终就是要登顶 6282 米的神山主峰，用详尽的生理、病理和内分泌取样，来佐证大和民族身体适应能力比中华民族强。但是谁坚持到最后，谁才笑得最美。

阿尼玛卿山矗立在前方，雪峰沉落在斜阳里，美如处子。每年虔诚的藏民转湖之后，就围绕着神山转，他们相信绕神山转可以洗清一生罪孽，可以在轮回中免遭堕入无间地狱。许多人都想征服这座神山，可纷纷折戟阿尼玛卿。

这年夏天，中日两国的高原病专家队伍开始从 4666 米的大本营出发。大家携带着世界上最先进的脉率仪，海拔每上升 50 米，就对人的心跳、脉率、呼吸、细胞对氧气的利用率等，进行一次全系统的测量。队伍一步一步地朝着阿尼玛卿山走近，可是到了 5000 米的营地时，还未向主峰发起冲击，酒井秋郎的队伍已经一败涂地，十个人全部得了高原病，其中三个送下山去抢救，还有六个呼吸困难并出现了肺水肿，而且前方不断有雪崩发生。

酒井缓步走过来向中方队长吴天一很绅士地告别，说："很遗憾，吴教授，我不能与你一起冲击顶峰。"

"为什么啊？五载准备，功亏一篑，美丽的神山就在眼前，望而却步，酒井先生不觉得遗憾吗？"吴天一揶揄道。

酒井笑道："雪山虽美，但我们只能望山兴叹了。吴教授，祝你成功。"

"我会成功的。"吴天一淡然说，"酒井先生，你身体不错，可以与我们一起冲顶啊，为什么不上去？"

酒井摇了摇头，说："不！我们想活着回到日本。"

日本人在中国的神山面前大败而归。

吴天一带着中方的队伍朝着阿尼玛卿山顶峰冲击。但是这座神山真的太灵验了，只要有些许的声颤，便怒发冲冠，雪崩瞬间而下，惊天动地，卷起万堆雪浪和雾霭，蔚然壮观，却也让人脸色陡变。身边的队员开始躺倒了。吴天一毕竟是年过五旬的人，也觉得自己的心提到了嗓子眼上了，心跳到了 180 次，似乎已经到了生理的极限了。

登顶无望，却也登上了海拔 5620 米的地方。吴天一率队建立了营地，对生理与病理、睡眠、神经等所有的数据进行了测试检验后，决定下山，此时距阿尼玛卿山主峰顶只有六百多米了。

翌年，携阿尼玛卿山的海拔高度，还有 1494 例高原病治疗病案，吴天一登上了世界高原医学的讲坛，突然有了一种在青藏高原上雄睨寰宇的高度和傲然。也就在这一年，世界高原医学协会将"国际高原医学贡献奖"颁给了吴天一。

1996 年，吴天一到美国科罗拉多州著名心肺血管研究所做访问学者，所长约翰·里福斯是国际享有盛名的高原病学专家，交手几个回合，便被吴天一深厚的高原病学术背景和视野吸引了。访问结束时，他十分郑重地挽留吴天一留在科罗拉多州研究所。吴天一摇了摇头，果断拒绝了。

吴天一自豪地说："里福斯先生，你也非常清楚世界高原病的聚焦点应该在哪儿。中国的青藏高原，那里有最广阔的土地，也有最多的居住在高原的人群，是人类高原病学的一块富矿。"

寒山千重，唯我独行。携着累累成果，吴天一教授从容走进了中国工程院院士方阵。这是青藏高原对他的最大奖赏。

然而，等了漫漫四十多年，走到了新世纪的零公里处，在青海湖畔的吴天一突然听到了一个惊天消息：青藏铁路要上马了。那天晚上回到家里，饭菜已经上桌了，他突然对自己的大学同学、出身江南的妻子说："来杯酒吧！"

"天一，你可是很少喝酒的。"妻子操着浓浓吴语说道。

"就一杯红酒。"吴天一毫不掩饰地说，"人生有喜须尽欢！我今天高兴坏了。"

"我们家还有什么值得高兴的事情？"妻子环顾左右，嫣然一笑。

"我们在青藏高原待了一辈子，委屈你了，不过终于有了用武之地。"吴天一端起红酒杯啜了一口。

"你是说高原病学将有大发展？"妻子已觉察出丈夫的喜从何来。

"是千载难逢的机会！"吴天一感叹地说，"青藏铁路要上马了，大批兵马就要上山。新闻媒体报道说青藏铁路有三大难题——冻土、生态和高原缺氧。依我之见，其实就是两大难题，一个是生态问题，一个是卫生保障问题。后者，我有发言权，应该给国家陈策献言。"

"好啊，天一，这杯酒该喝！"妻子与丈夫碰杯，轻轻地啜了一口。

"干了！"吴天一深情凝视着妻子。

"好，天一，干！"妻子眼眶里的泪水涌了出来。

吴天一终于等到了在青藏铁路这个巨大平台上，助佑苍生的机会。铁道部领导第一次上青藏路上考察，途经西宁，第一个要见的专家便是吴天一。

那天，领导召开座谈会，特意邀请吴天一参加，可事情偏偏那般凑巧，吴天一在来开会的路上，突然遭遇车祸，住进了医院，一时无法直接向铁道部领导陈说预防高原病的方略。当天，领导派秘书到医院探视吴天一，并让秘书转告他，祝他早日康复，等他病愈之后，专门请他到北京面谈。

腿脚刚能下地活动，吴天一便蹒跚入京了。

铁道部领导紧紧握着他的手说："吴院士，我对你可是心仪已久啊。青海之行，失之交臂，这回专门将你请到北京，给我们上上高原病专业的课。你放开讲，只要能够保证青藏铁路不因高原病死一个人，什么医疗设备和卫生保障手段，我们都可以上。"

"好啊！苦苦等了四十多年，终于找到知音了。"吴天一感慨万千。

在医学专家座谈会上，他以中国第一位高原病学院士的身份郑重献策："青藏铁路两大课题，一个生态问题，一个人类卫生医疗保障问题，绝对不能掉以轻心，尤其是后者。我想将重话说在前头，以免后患无穷。"

"但说无妨！"领导抬起头来，鼓励地说，"吴院士，知无不言，你尽管说。"

"好！"吴天一集一身高原病所学，谈了自己的六点策略，"第一，卡住队伍上山前的进人关。什么人能进来，什么人不宜进入，包括将来列车开通时的旅客。这就得树起一块高原禁忌症的牌子，患有下列疾病的人不能上山，如冠心病、心肌梗死、心脑血管病、高血压、代谢性的糖尿病、慢性气管炎、肺心病、肝肾明显病变、溃疡症、消化道大出血、过度肥胖等。怎么把好这个关，那就是体检。第二，进山要循序渐进，阶梯式地适应。第一个阶梯西宁三天，第二个阶梯格尔木三天，逐步地适应习服（一个新造的名词就这样出现在青藏铁路之上）。第三，进行高原卫生教育，从心理上消除高原恐惧症，做到战略上蔑视、战术上重视。第四，做好劳动卫生保障。人的劳动强度是随着海拔的升高而增大的，每升高1000米就升高半个等级，行走在2000米的地方为中劳动强度，而到了4000米则是重劳动强度，因此，要尽量实施机械化施工，降低劳动强度。在海拔4000米以上的地方，吃什么都是不香的，饮食营养、睡眠、住什么样的房子，甚至就连撒尿，都要考虑到充分保暖，不然，在零下20℃的地方，晚上起来撒泡尿，就可能发生肺水肿，因此，我建议将晚上睡觉撒尿作为一个问题来研究。第五，建立医生巡夜制度。晚上最易出问题，稍有干咳乃至精神萎靡不振、嗜睡，都容易发生脑水肿和肺水肿，发现得越早就越有抢救的希望。第六，制定青藏铁路卫生保障制度，所有施工单位都按此实施。"

"说得好啊！"领导率先站起来给吴天一教授鼓掌。

吴天一的六点策略，对青藏铁路卫生保障至关重要。随后，他参与修订了青藏铁路的卫生保障措施，为上山前的医务人员讲授高原病的预防知识。

　　一个院士和他的高原病学，为青藏铁路在生命禁区里施工，筑起了一道生命的安全屏障。

背着氧气进隧道

　　况成明的队伍第一天上风火山，就溃不成军。

　　那是 2001 年 6 月 20 日上午 9 时，中铁二十局青藏铁路指挥部指挥长况成明带着十台车和五十名弟兄，上风火山去安营扎寨。那天他特意让办公室主任买了很多鞭炮，说动土之日，要驱除风火山的魔咒，祈求雪山女神保佑施工平安。

　　在山下人员的壮行声中，他们一路奔驰而去，下午 4 点接近风火山时，五十名兄弟便开始东倒西歪了。一队、二队、三队和局指挥部帐篷布点在不同的地点，他得下车安排，与各队的领导一起踩点，走了两个小时，到傍晚 6 时整个大队伍上来时，他发现队伍已溃不成军，一个个面色苍白，嘴唇发紫，有的还抱着氧袋躺在车里吸氧，不到二十分钟，就吸光了，而氧气瓶的阀门歪了，氧气放不出来，憋得他们一个个气喘吁吁，躺在车上不愿动弹。

　　那天况成明也很难受，头重脚轻，带人察看现场布点整整走了两个小时，几乎耗尽了他的体力。亘古荒原，冷雨夹着雪花呼啸而来，迷茫在整个风火山地域，再过一会儿，天就要黑下来了，帐篷和晚饭都还没有着落。他招呼职工来搭帐篷，可是他们连站起身来都很艰难，甭说干活了。

　　"找风火山道班的人帮我们搭！"况成明已无法选择，晚上没有栖身之处，这五十名弟兄就会倒下。

风火山道班的职工来了，一听说搭一顶帐篷只给三十元，转身就要离去。

况成明唤住他们说："先别走，你们说多少钱?"

"三百元!"道班一个工人伸出了三个指头。

"这不是讹人嘛!"况成明摇了摇头，"搭一顶帐篷三百元，整个中国都没有这个收费标准。"

人家狡黠一笑，说："这就是风火山的收费标准，爱搭不搭，悉听尊便。"

"三百就三百吧!"况成明挥了挥手说，"天黑之前一定得干完。"

何须等天黑，道班的员工早已熟悉和适应风火山的气候和海拔，仅仅干了一个小时，便揣着近千元人民币潇洒地走了。

暮色苍茫，炊事员费尽心力用高压锅将面条做好了，可是五十个人躺在帐篷里一点食欲也没有，犹如一班败军，狼狈不堪。

况成明叫医生来给他们一一检查身体，可是就连医生也抱着氧气袋，这时他不能不惊叹慕生忠将军当年是如何率领一群民工，让青藏公路穿越风火山的。而他最担心的是军心不稳，他一个一个地找职工谈话，一直谈到晚上 11 点，才回到自己的床铺上，躺着时心脏怦怦乱跳，一点睡意也没有。神思在天穹飞扬，如风火山垭口的灵旗，迎风猎猎，身体也兴奋不已，脑子如坐过山车样旋转，快到天亮时，他才迷迷糊糊地合上了眼，似睡非睡，似醒非醒。

第二天早晨天刚刚亮，况成明头痛欲裂，他所在的帐篷里突然拥进六七个人，说："况指挥，派车送我们下山吧!"

"下山! 往哪里走?"况成明一怔，问道，"昨天刚上来，怎么就要下去?"

"这鬼地方不是人待的。"一个人喃喃说，"再待下去，小命都不保。"

"忍耐几天，我们会改善卫生条件，一切都会好起来的。"况成明苦口婆心地劝道。

"再好，也不适宜人类生存。派车送我们走吧。"个别人有点急不可耐。

"我们二十局可是老铁道兵的后代。"军人出身的况成明试图挽留大家，"当年铁十师三上风火山，没有一个逃兵，你们这样一走，可是丢了前辈的脸。"

"别拿逃兵的帽子乱扣，我们只想保命。"人群中不知谁说了一句。

"保命，哪个人的命不重要？你们有的可是三番五次找领导才上来的，回去可就要息工了。"他将最后结果摊在几个人面前。

"息工也走，总比将一把骨头扔在风火山上好！"几个人去意已决。

"走吧！"况成明挥了挥手，并对拥到他帐篷前的职工问道，"还有谁想走？"

伫立在帐篷前的员工没有一个吭声。

车开了，那几个人抱着氧气袋走了。望着面包车绝尘而去，况成明转过身来，眼眶有些发热，说："留下来的都是好汉，我们将无愧于风火山，也无愧于铁十师。"

站在帐篷外俯瞰风火山，这是况成明命运中决定性的一战。远处风火山垭口经幡猎猎，雪落大荒，天气一天几变，让他开始领略这座神山的淫威。天空一会儿阴，一会儿晴，一会儿狂雪飞舞，一会儿晴空万里，一会儿阴风四起，一会儿静如处子，垭口处的海拔达到了 5010 米，与唐古拉山垭口海拔只有十多米的差距。而其他地域平均海拔是 4910 米，如果没有氧气，他和他的施工队将寸步难行。

就在他忧心忡忡之际，医院院长突然找来了，说："指挥长，北京科技大学的刘应书教授上山来了，专程来拜访你。"

况成明摇了摇头："图纸还未到，我现在最需要的不是穿越风火山的科技，而是氧气，能让人待得下来工作，能睡得着觉的氧气。"

"刘教授就是来解决高海拔制氧的，他有一个很不错的专利。现在招标的六家单位，唯有他的小型制氧机制氧率高，效果好。"院长介绍道。

"余亮指挥长和王书记什么意见？"况成明单刀直入地问道。

"余指挥长和王书记表示同意，叫征求你的意见。"

"是吗？"这正解了况成明的心头之急，"快请！"

北京科技大学刘应书教授在格尔木待了好些天了，他一直在等中铁二十局的指挥长况成明。2001年只有况成明和他这支队伍站在了青藏铁路的最高点上，他携高原制氧的专利从北京而来，就想在风火山上一举实验成功，然后向世人佐证，这套装置在海拔4910米的风火山上经过严酷的考验，是世界上最先进的。他的这一专利技术已放在抽屉里很久了，一直没有相识相知的伯乐和知音，他将宝押在了风火山上，押在了况成明身上。

刘应书一见到况成明就先声夺人："况指挥长，我知道现在找来推销制氧机的厂家很多，但依我所见，这些制氧机在内地都没有问题，但在风火山上，能大容量稳定制氧的寥寥无几。"

"英雄所见略同！"况成明点了点头，前些天一个厂家送了一台上来，机器咔咔地响，制氧量不足30%，根本无法满足需要，他满怀希望凝视着刘教授，"你有解决的良方？"

"当然！我们已经研究了好多年，设计思路和机理独成一家。"刘教授摊开图纸向况成明介绍。

"有样机吗？"况成明抬起头来问道。

"只有小型的，大型高原制氧机投入太大，许多单位望而却步！"刘应书实话实说，"所以我想与中铁二十局指挥部联合开发，成果共享。"

"先期投入要多少钱？"

"至少七十万！"

"没问题，我马上签协议！"况成明爽快地答应了。

这反倒让刘应书愣怔了，他心头轰然一热，感动地问道："况指挥长，你为什么对我们这样有信心？"

况成明仰天大笑，然后指着合同书说："说白一点吧，我对北京科技大学这块牌子有信心，对你们校长当合同书的第一责任人有信心，你们过去就搞过制氧，如果中国的大学还解决不了这个高原制氧难题，那还有谁能？"

"谢谢，况指挥，士为知己者死。"刘应书感动地说，"如此厚爱，我们决不会让你失望！"

"什么时间把机器运上山来？"

"三个月！"

"三个月，太久了，黄花菜都凉了。那时我的人该下山了。三十天如何？"

"好！我竭力去做！"

送走了刘应书，况成明问医院院长："我们订的那些医疗设备什么时候到货？"

"大队伍上来时全部到齐。"

"要快！"况成明摇头道，"没有完善的医疗设备，我们在风火山就会稳不住阵脚，会不战自败！"

"我明白！"医院院长答道。他曾参加过全国职业病标准的审定和铁道部卫生保障条例的起草和修改，深知铁道部党组的意图，那就是要将执政为民的理念，融入对筑路职工的人文关怀里去，在卫生保障上要不惜血本，保证高原病零死亡。

时隔不久，刘应书教授研制的第一台高原制氧机被运到了风火山上，第一次试车便大获成功，制氧率达到了80%。况成明一下子购买了数百个大氧气罐，每间宿舍和帐篷里都配齐，职工们下班回来，随时可以吸氧，恢复体力。青藏铁路上第一台高原制氧机在风火山上兀然崛起了。

眼看着队伍可以在风火山待下来了，北麓河的实验段也陆续开工，但风火山隧道的图纸到了秋凉时分才送达，况成明有一天突然对医院院长说："风火山是世界第一高隧，如今职工回到帐舍可以吸着氧睡觉了，我们渡过了能在风火山上待下来的第一道难关。今年的隧道工程不会停工，可是洞里的空气含氧量不到40%，别说干活了，就是躺在那里也受不了啊！"

"我和刘教授商讨过了，可以在风火山进口和出口各设一个高原医用制氧站，将输氧管接往洞中，在隧道里建一台氧吧车，或者在掌子面上弥散式供氧！"院长答道。

"能成？"况成明反问道。

"理论上和操作上都不成问题。"

"这是一个好主意！"况成明喟然叹道，"风火山工程开通之日，你们可是大功臣啊！"

"应该说青藏铁路独此一家！"医院院长不无骄傲地答道，"我们与北京科技大学商谈好了，先作为一个重要科研课题立项，风火山隧道建成之日，再作为一个重要的科研成果上报。"

"好！世界一流的铁路，须有一流的科研。"

2001年的冬季，中铁二十局风火山隧道掘进队是整个青藏铁路工程中唯一不停工的一家，在滴水成冰的12月底，两个进出口每掘进一百米，就有一个特殊的氧吧车被推进坑道里，掘进的工人觉得累了，便可以停下来，到氧吧车里吸上一阵，头脑清醒了，体力恢复过来了，再接着干。从外边的医用制氧站的管道输入了大量的氧气，直接弥漫在工作面上，在世界第一个高隧中形成了一个氧气浓烈的地带。

一个高原医用制氧站兀立在世界屋脊上，堪称天下无双。

并非奇闻：感冒也会死人

余绍水在楚玛河的队伍开始减员了，生病的人越来越多。

那天晚上他去巡查，发现中铁十二局工地医院和项目部的卫生所里，有十几个人在躺着打点滴。余绍水俯首询问，清一色的感冒。这是高原上最忌讳的病症，极容易引起肺水肿而致死亡。

余绍水的脸色陡然一变。前些天在西宁拜访高原病院士吴天一时，吴教授曾经告诫过他，青藏高原上最忌讳的是感冒，一个小小的感冒极可能丢掉一条命，千万不可漠视。

"这是什么原因？"余绍水有些惊愕，转身询问随他一起巡诊的指挥部医院院长刘京亮，"固定宿舍是集中供暖，民工的帐篷，每四个就有一台七万多元的高原暖风机，室内的温度不低啊，为何病号频仍？"

刘京亮院长也有些茫然。

"马上查清患病的原因！"余绍水的胳臂从空中划了下来，凝固成一个坚定的感叹号，"把医生都集中起来，我带着你们，沿着不冻泉到五道梁十二局所有项目部，每个宿舍和帐篷都必须走到，给我查个水落石出。"

夜已经很深了，夏夜的可可西里，点点繁星坠落在草丛之中，肆虐的阴风停歇了，大荒原上死一般地寂静。余绍水率领二十多名医生分头驶向十二局六标段所有项目部，一个帐篷一个帐篷地询问，一间宿舍一间宿舍地查找，感冒的原因很快总结出来了，就四个字：夜间撒尿！

"呵呵，真没有想到！"余绍水手掌在桌子上拍了又拍，感叹地说，"晚上起来撒泡尿，也会患感冒，到底是青藏高原啊，夜间小解也非小事一桩。"

坐在一旁的刘京亮解释道："余指挥，这个问题该打我们的板子，是我们考虑不周，职工们晚上睡得热烘烘的，夜里醒来起床撒尿，户外零下二三十度，冷风一吹，不感冒才怪呢。"

"该挨板子的是我这个指挥长。"余绍水自责地说。

"万幸没有出现肺水肿！"刘院长宽慰地说。

余绍水摇了摇头说："不能有侥幸心理，躲得过一时，躲不过三年五载，这个问题得马上解决！"

把夜间撒尿感冒的事弄清之后，东方地平线上裂出一道晓色，在可可西里常常失眠的余绍水就这样度过了高原上的一个夜晚。

时隔几天，余绍水从格尔木飞往北京开会，萦绕在脑子里的仍然是高原上职工撒尿的事，他担心感冒病号的统计数值是不是又飙升了。

倚着舷窗冥想，翼下的京城渐次放大，泱泱成一片。飞机近地，伸展巨大的羽翼，向着宽敞的跑道俯冲而下。这时一辆摆渡的移动舷梯缓缓驶过来了，余绍水恍然一怔，拍了一下航空椅子的扶手，说："有了！"

同行的人问："余指挥长，你有了什么呢？"

"移动厕所！"余绍水似乎还沉浸在高原病的思索之中。

"什么啊，余指挥长？"同行的人一头雾水。

"呵呵！"余绍水抱歉地说，"不枉北京之行，我终于找到解决职工感冒的良策了。"

下了飞机，余绍水没有赶往下榻的宾馆，而是去了一家研究所，提出了研制移动式保暖厕所的方案，晚上可直对着宿舍门口，白天拉到指定地点冲洗，一个奇妙的构想。

数日之后，一个个移动式的厕所被运到了可可西里的十二局驻地，夜间使用后，感冒率骤降了60%，筑起了一道预防高原病的安全屏障。

在高原上夜间起床撒尿绝非小事。吴天一教授听说了移动厕所的事情，大为称赞，说这是一个了不起的发明。

铁道部副部长来可可西里检查工作，看过了十二局的移动厕所后，大加称赞，欣慰地说："厕所的革命里有人文关怀的因素，从这件事情上，就可以看出青藏铁路对高原病防治和人的生命的重视，我在北京可以睡着觉了。"

中铁十二局指挥部的房子也成了可可西里的一道风景。

四个月过后，这道极地风景经历了一场天崩地裂的七级地震袭击，却岿然不动。

那是2001年11月，在离可可西里不远的昆仑山腹地，一道蓝光划过荒原，大地颤然抖动，奔突的烈焰在万山之祖的躯壳里如脱缰野马，横冲直闯，从昆仑山南口裂开一条宽一米却深不可测的沟壑。瞬息之间，青海省在昆仑山口塑的一块巨大的昆仑石碑被拦腰折断，化作残碑断碣，倒在了两只雪山雄狮跟前，相距只有一百多米的索南达杰墓也未能幸免。那道蓝光一直朝着可可西里划过，颤动也波及了清水河不冻泉一带，震得在那里施工的十二局和铁五局的职工天旋地转，无法站立，一个个趴在地上任由青藏之神施展淫威。历尽劫波，道班的房子大都裂了，坍塌了，化作一片残垣断壁，唯有十二局盖在通风管道上的指挥部的房子安然无恙，一点裂缝也没有，通风管道再一次显示出了一种非凡的神力。

余绍水为自己的杰作高兴，更加赞叹四十载冻土实验的硕果。

生命屏障就这样筑起了

吉祥天路，真有天风祥雨掠过？卢春房的心一直悬在天路之上。

2001年6月29日，朱镕基总理和吴邦国副总理同时站在高原太阳下，分别在格尔木和拉萨手执剪刀，剪下了青藏铁路开工的红绸，数万名筑路大军西去荒原，踏上昆仑山、风火山，过沱沱河，在唐古拉山以北摆开了战场。

送走了各位领导后，铁道部建设司副司长卢春房于7月3日从拉萨飞回西宁城，在铁道宾馆开始了他作为青藏铁路公司筹备组组长的重要角色。此时，距青藏铁路公司的正式挂牌还有一些时日，以西宁铁路分局为主体的筹备人员已陆续到齐，卢春房身兼组长，西宁分局副局长张克敬等两个副组长也已经就位。

卢春房环顾左右，青藏铁路公司蛰伏在铁道宾馆狭小的房间里，办公环境简陋，多少有点人单力薄。可是他深知这个公司的重要，它堪称中国铁路建筑史上第一次大胆尝试，集建设经营为一体，不仅管现在的建设，还要管将来的运营，巧妙地将工程组织、监督、检查和资金控制很好地融在一起了，颇有点现代公司的意味。

伏案起草好公司成立章程和管理条文，卢春房的睿眸投向了苍莽昆仑。7月20日下班前，他对公司筹备组副组长张克敬说："克敬，我们晚上乘车上格尔木，然后上昆仑山去看看！"

张克敬有些不解，说："卢司长，我们青藏铁路公司就管投资控制和运营，建设方面的事情，也可以过问？"

"当然！"卢春房的回答干脆而又坚定，"部党组确定设立青藏公司，就是要在建设的初期就全方位地介入，全程掌控，不但要控制投资、监督质量，还要将今后的运营一管到底。"

"我明白了！"学运营出身的张克敬连连点头。

当天晚上，夜行的列车往格尔木方向驶去。

车轮滚滚，与铁轨坚硬地摩擦着，铿锵的旋律响了起来。驶向天路的卢春房难以入眠，这是他第一次从陆路踏入青藏高原。

卢春房

青藏高原的夏夜越来越冷了，软卧车厢放起了暖气。西去格尔木的列车犁开夜幕，卢春房撩起窗帘，一轮冷月悬在天幕上，铁路沿线隆起的土丘荒冢似成百上千的雄魂，列车驶过，他心中泛起一种莫名的酸楚，那是原来铁道兵第10师和第7师修建青藏铁路一期遗落下来的英烈吧，在杏黄色的圆月下踽踽独行，远眺着江南的三月桃花雪，北国的人间四月天。

上青藏铁路之前，卢春房到自己所住的当年的铁道兵大院，拜访了铁道兵7师和10师的老人，了解到修建青藏铁路一期时高原病对年轻士兵身体的戕害。身为青藏铁路公司的主要负责人，他深知青藏铁路一役如同部队的大决战，成败就在于卫生保障是否到位，沿线职工在山上能否待得住。

到了昆仑山下的南山口，第一站便是铺架基地的中铁一局，它给卢春房留下了深刻的印象。原来二十八节的普通车厢被装成了豪华宾馆，为了保暖，车壳加厚了，所有的椅子拆除了，每节车厢隔成了十个房间，每个房间住两至三人，不仅设了指挥间、会议室、餐厅、娱乐室，就连医院也跟着上来了，还装配了高压氧舱、最现代的测量血压和血红素的仪器。

卢春房开怀笑了，环顾周遭，说有雪山野狼出没，再给每个房间配一个电棍，万一遇狼可以捅它一下，以保全自己。

随后，卢春房朝着昆仑山北坡一路走来，过纳赤台、三叉河、西大滩、玉珠峰，沿途铁一局、铁十四局、铁五局的卫生保障各有千秋。越过昆仑山口后，卫生保障印象最好最深的要数余绍水领导下的中铁十二局、风火山的中铁二十局和沱沱河的铁三局。中铁二十局投资 800 万元，与北京科技大学一起研制了世界上独一无二的大型高原医用制氧站，每小时可以制氧气 42 立方米，不仅氧气管道可以直接接到职工的帐篷宿舍，就连风火山的进出口也各设了一个大型制氧站，二十四小时不间断地向世界第一高隧里供氧，氧气弥散在掌子面和氧吧车里。

"好，有气魄！"卢春房对中铁二十局的卫生保障大加称赞。

走下风火山，虽然他嘴唇发紫，气喘吁吁，但是仍然驱车前往沱沱河。由刘登科领军的铁三局丝毫也不逊色于中铁十二局和中铁二十局，他们投资了数百万巨款，率先在青藏铁路沿线第一家上了高压氧舱，一次可进去四个高原病病人，还购置了彩超、心电监护仪器，其硬件水准已经达到了二级医疗保障水平，加上院长段晋庆又是高原病的防治专家，这里甚至都可作为青藏铁路一个重要的医疗站点了。

卢春房高悬在天路上的心渐渐落下来了，但心中仍掠过一丝忧虑，沿线的职工卫生保障自然没问题了，那么跟随上山的民工的医疗保障又会如何？卢春房在天路上打下一个问号。

也许是出身农家之故，除了自己和一个哥哥出来工作，其他的兄弟姐妹都在乡下过着清贫的日子，所以卢春房对民工这一弱势群体有一种与生俱来的感情。拖着疲惫之躯，他一定要看看民工的卫生保障情况。

辗转每个帐篷，吃住都无可挑剔。青藏铁路公司每天给民工补助生活费，医疗保健和吃药都予以免费，但是每个民工是否按时吃了保健药，卢春房要亲自摸一摸底。

在唐古拉山越岭地段，海拔已经到了5000多米，在二处的最高点上吃过饭后，卢春房已经很累了，每走几步都气喘吁吁，但他还是要查查民工住宿和卫生保障情况。步履艰难地走进一个甘肃民工的棉帐篷，室内收拾得很整洁，被子都是项目部统一买的，叠得整整齐齐，床边放着氧气，工人可以随时吸氧。

民工看到卢春房来了，纷纷站了起来。

卢春房摸了摸被褥，挺厚的，御寒没有问题。他坐在床铺上拿起一个抗缺氧的药物瓶子，关切地问："每个月都按时发吗？"

民工们羞赧一笑，说非常按时，每个人都有一份。

卢春房欣然地点了点头，追问道："你们都坚持服吗？"

站在帐篷里的民工几乎异口同声，大家都服用了。可其中一个民工的脸色却微微一红。

卢春房从那民工稍纵即逝的愧疚和尴尬中察觉到了异情，走过去拍了拍他的肩膀，问道："兄弟，你吃药了吗？"

"卢总，我……我……吃了！"

"真的？"卢春房有点不相信，见他叠的被子有点鼓鼓囊囊的，顺着一摸，在被罩和棉絮之间有好几个瓶子。卢春房和颜悦色地说："将被子里藏的东西抖出来我看看。"

那个民工脸唰地红了，拉开被罩的拉链，一下子抖落出了好几个"三七"药瓶，包装盒还没启封。

"兄弟，你为何不吃？"卢春房有些不解，"唐古拉山越岭地段太高了，人躺在这里都受不了，何况你们还要干活。同志，身体是最紧要的，有了身体才有一切。"

"卢总，对不起！"那民工眼眶红了，"我老母亲在家得了贫血病，听说三七能养血，我就悄悄留下了，想带回去给老母亲吃。"

多好的民工兄弟！卢春房听了心里一阵酸楚，沉默了片刻，喃喃说道："这个药，我们能足量保证，一定要吃，身体要紧啊！"

那个民工点了点头。

卢春房交代随行的医生说，你们要督促检查，看着他们服下去。

离开唐古拉山的时候，卢春房觉得越岭地带的医药费显然不够用，立即决定给十七局和十八局每年补二十万，并再拨发一些医药器械。

回到西宁，卢春房给北京的铁道部领导打报告，青藏铁路沿线的卫生保障十分到位，施工队伍站住了，这一仗，我们赢定了。

傅志寰部长和其他领导听了后会意地笑了。铁一院上山早期，一位年轻的工程师之死，引来了青藏铁路一场卫生保障的革命，这笔学费交得值。

第四章　可可西里无人区

黑字写的明誓，

雨水一湿就熄灭了。

没有写出的心中情意，

谁也擦它不掉。

——六世达赖喇嘛仓央嘉措情歌

现代孟姜女寻夫上昆仑

下了格尔木终点站的列车，湘妹子黎丽琴抬头便看到了昆仑山。

走下月台，疾步朝出站口走去，有一些喘。她终于找到一个出租车司机，说："我的未婚夫在昆仑山上修铁路，你送我去吧。"

司机很现实地问："你出多少钱?"

黎丽琴问："你要多少钱？"

司机说："我的费用不高也不低，没有二百块，我是不会上去的。"

黎丽琴一咬牙，说："二百就二百，虽然这是我一个月的下岗生活费，但为了我的夫君，我去。"

司机摇了摇头："钱我是赚了，但是我没有见过你这样的女人。"

黎丽琴说："我这女人么子样，红眉毛绿眼睛吗？"

"像个辣妹子，"出租车司机噗地笑了，说，"一半是水，一半是火。"

"你算说对了，本姑娘正是，"黎丽琴呵呵一笑，"你还算一个男人，一下子就读懂了我们湘妹子。"

于是，在一个春风不解昆仑风情的下午，黎丽琴跟着出租车司机远上昆仑。他们从格尔木城出发，朝着南山口而去。风从雪山吹来，将湘妹子的长发吹得飘了起来。她望着天穹上飘来的白云，那白云是从故乡湘西的沅江上空飘来的吧。

倚在窗前，她倏地想起了她的白马王子，那个叫王成的男生，与《英雄儿女》里的王成同名同姓的男人。上天眷顾啊，居然在故乡的秋天里，将那个一表人才的小帅哥赐给了自己。

其实认识他纯粹是一个偶然。那天傍晚，在向警予的老家溆浦的江边上，黎丽琴与同乡大哥在小摊上吃田螺。因为工厂不景气，她已经息工了，每月只领二百元的生活费，日子过得很凄惨。看着她愁眉不展的样子，那大哥说："丽琴，你这样寂寞，还不如找个男友把自己嫁了。"她说："找么子哟，哥哥，我一个下岗工人，谁要？"

那大哥是铁五局四处的一个施工队长，他说他的老处长的儿子正在他的队上，小伙子长得好酷，一表人才，还没有女友，问她愿不愿意考虑。

她说："可以啊，帅不帅倒不在乎，只要能养活自己就行。"

大哥说："当然，我那小兄弟是搞铁路建筑的，一个月几千元的收入总有嘛。不过，嫁了铁路郎，就得守活寡啊。"

她说:"守什么寡呢,都什么年代了。我可以陪他而去,恩恩爱爱,哪怕吃糠咽菜也愿意。"

于是就在那个晚上,江风徐徐,拂来还有一点冷,王成被队长一个电话叫来了。一见到他,才觉得他的帅气绝对不亚于电影里那个英俊小伙王成。黎丽琴脸一红,有点怦然心动,真像她梦了多年的白马王子啊。

王成坐了下来。他的队长说:"兄弟,我今天正式给你介绍一个我们溆浦小城里的美女,她叫黎丽琴,你们认识一下吧。"

黎丽琴大大方方地将手伸了出去,紧紧地握住了他的手,一如握住了春风。她发现王成有害羞之感,他的脸唰地红了。她一笑,原来男孩也会羞涩啊。

也许是秋风吹得幡动,一对钟情男女的心已动了。可是刚认识没多久,王成就要远上昆仑山去修青藏铁路了。

那天早晨,黎丽琴到了溆浦车站去送他,他说:"丽琴,如果我去了昆仑,你还会爱我吗?"

她点了点头,说:"当然!"

王成的眉头蹙得很紧,说:"我一去可是六年啊,你会等我吗?"

"会!"黎丽琴斩钉截铁地说。

"如果我一时回不来你会怎么样?"王成问。

她说:"我会像古代孟姜女一样,千里寻夫上昆仑。"

"真的?"王成的眼泪唰地涌了出来,说,"我好幸运,上苍把一个最美最好的湘妹子赐给我了,我是哪辈修的福啊!"

黎丽琴用手帕给他拭了泪说:"你妈妈虔诚信奉佛祖为你修的福啊,所以你遇上了我。"

王成拭去泪痕,欣然登车,跟着铁五局四处的施工队朝着莽莽昆仑而去了。

此去一年,竟然一点信息也没有。电话不通,写一封情书,三个月也回不了一次。他们的爱情在千山万水的相隔中变得遥远而陌生。因为懂得，所以相爱。因为惜缘，所以黎丽琴不想让他一个人在昆仑雪山里独守天涯。她要千里寻夫，找到他，嫁给他，陪伴他度过寒风凛冽的青藏岁月。

从湘西千里迢迢地来了，黎丽琴事先没有告诉他，只想给他一个意外的惊喜和浪漫。在这个物欲横流的年代，人们已经越来越远离了浪漫，可她的心里却祈盼这种大浪漫，所以她要远上昆仑，把属于他们的蜜月留给昆仑，也让昆仑留下他们亘古不变的爱情。

湘女独行昆仑山。黎丽琴只知道王成在修昆仑山隧道，却不知他居住何处。一个多小时后，坐着出租车过了纳赤台，到了三叉河，看到架桥的中铁四局的工人了，她想离她的未婚夫不远了。铁四局过了，应该就是铁五局，她下车打听。工人师傅告诉她铁五局还在上边。

"上边多远的地方？"她问。

"当海拔升到4680米的时候，妹子你就找到中铁五局了。"好心的师傅告诉她。

她问："这里的海拔多少？"

"3600多米。"

黎丽琴吓得瞠目结舌。远上昆仑之前，她读过许多关于青藏的书，说人类家园的海拔达到4000米，就是生命的禁区，是不适宜生存的。而王成他们的住地海拔已经到了4680米，显然是不宜生存之地了。她这次来就是要试试，在这样的极地真的不适合个体生命的存在吗？

车过了西大滩，玉珠峰的雪山风景美妙绝伦，让她惊叹万分。一年四季积雪的雪山放晴了，对于从小在湘西长大的她来说，祈盼下雪只是一种奢侈，如此极地美景，她是生平第一次看到。玉珠峰就是一个冰肌玉骨的雪山之神，沐浴在晚霞之中，展露着女儿的羞涩。有点像她这个跃跃欲试的新嫁娘，想为自己的青春赌一把，只要王成答应，她马上与他去格尔木办结婚登记手续，永远地陪伴在他身边，陪伴在昆仑山上，精心照顾他每一个平淡的日子。

黎丽琴沉醉在玉珠峰的雪景中了，如果能天天与王成厮守在玉珠峰的雪山美景之中，他们就是一对昆仑仙眷了，这趟青藏路没有白走。

出租车在离昆仑山主峰不远处停了下来。一幅大字标语展现在黎丽琴的面前，上面写着四个醒目大字：中铁五局。她千恩万谢地谢过了送她上山的出租车司机。

那司机也厚道，说："你谢我啥，二百元够多了。瞧你这妹子对爱情这般拧巴，我就只要你一半。"说着退给她一百元。

她问为何？

司机说："你感动了我。天下还有你这样痴情的女娃，千里寻夫上昆仑，我就收个成本费了。"

黎丽琴说："你下山拉不到人，会亏的。"

"不亏，不亏，"那出租车司机说，"我心中有底。再说拉一趟你这样的姑娘，挣个成本就行了。"

"谢谢！"黎丽琴觉得西部的男人豪爽大方，一点也不斤斤计较。

出租车绝尘而去。她提着沉重的行囊，步履蹒跚地走到了值班室。刚才还乱窜乱跳，现在觉得头晕耳鸣了，开始有点高原反应了。

"姑娘，你找谁？"见黎丽琴站在门口徘徊，一个值班员走了出来。

"王成！"

"王成是谁？"也许工程太浩大了，中铁五局几千号人上昆仑，并不是每个人都互相认得。

"就是与电影《英雄儿女》里的男主人公名字一模一样的王成啊。"

"英雄儿女？"对方笑了，说，"我们中铁五局的热血男儿站在昆仑之巅，个个都是英雄儿女。"

"不，不，我说的是中铁五局四队的王成！"

"嘻，你咋不早说啊。四项目部可是在昆仑山隧道脚下。"值班员拿起电话，要通了四项目部的电话，问："你们那里有一个叫王成的人吗？"

"有啊！是队里的施工统计员。"对方在电话里问道，"找他什么事？"

"有一个女孩从湖南追到昆仑山找他来了！"

"还有这等事情！等着，马上让他下来。"电话啪地挂断了。

那天傍晚，王成刚从隧道施工的入口出来，队长找来说，刚才局指挥部值班室来了电话，说有个女孩看你来了。

王成摇了摇头，说："不可能，天荒地老的，谁吃饱了撑的，跑来昆仑山上看我。"

"少废话。"队长说，"坐车下去看看嘛。一个女孩子跑这么远，爬这么高，山高水远，只会为情而来。"

王成半信半疑，挥手叫了队里一辆小车，朝昆仑山主峰下河谷台地上的局指挥部驶去。

白天向黄昏伛下了腰肢，斜阳缭绕着岚烟坠落到昆仑雪山里，将半空染成一片血红，莽昆仑此时少了粗犷，更似一个静如处子的女神。跨出车门，王成还没有想到自己心中的女神会兀立在昆仑山下。刚走进局指挥部值班室，他就问："谁找我啊？"

"我找啊！"黎丽琴一跃而出。

"丽琴，怎么会是你啊！"王成惊讶地望着自己的恋人，神色一片怔然，女友的突然出现，让他有点始料不及。

跑了几千里地的黎丽琴突然扑到了王成的怀里，说："想死你了，这么久也不打个电话回来。"

王成拍了拍她的肩："车子一过南山口，中国移动就没有信号了，我没法打啊。你上昆仑山，为何也不告诉我一声？"

"我到哪里找你啊，只想给你一个突然袭击，一个惊喜。"黎丽琴说道。

王成将黎丽琴揽入怀中，也不顾旁边有人，说："丽琴，我真的觉得很突然，很惊喜，不会是梦吧？"

"那你就做一个昆仑梦吧。"黎丽琴在未婚夫脸上留下雨点般的吻。

"今天住一个晚上，你就下格尔木吧。"王成将黎丽琴的行囊往车上一放，拉她回队里。

"你不喜欢我了？"黎丽琴有点急了。

"不是！"

"你有别的女孩子了？"

"也不是！"

"那是么子事吗？我刚来就赶我走。"

"这里海拔太高了，不适合生存！会影响你的身体的。"

"你都在这里生活一年了，每天还上班干活，你能待得住，我就行。"

"听话！"

"不，我就是来陪你的，不准撵我走！"黎丽琴小鸟般地依在了未婚夫的怀里。

黎丽琴犹如一只南来的鸿雁，在昆仑山上栖息下来了。队里是清一色的男人，突然有了一个女人出现，甚是感动，专门让和王成住一个小屋的工友搬出来，把那间不到八平方米的小屋当作他们的香巢。千里上到昆仑山的第二个月，趁王成下格尔木轮休，两个人到民政局领了结婚证。

王成的工作多数在营地里，负责队里的各种人员、车辆和施工进度的统计，经常要上两公里以外的昆仑山隧道，每次出门，黎丽琴都要将他的安全帽戴好，然后总忘不了叮嘱一句话："路上注意安全，进隧道眼观八方，早点回来，我在等你！"

一个女人的新婚期就在昆仑山的枯寂守望中悄然流逝了。黎丽琴在队里几乎无事可做，她无须做饭，两人吃的是队上的食堂，一顿六七个菜，伙食显然比在内地强多了，衣服很少洗，因为这里吃的水都是从纳赤台拉的，每隔一两个月轮休的时候，她可以陪着丈夫下到格尔木去洗个澡，购买点女人的用品，更多的时候，是独自一人坐在小屋的火炉前，守着那台十八寸的小电视，也守着属于自己的昆仑山的日子。晚上丈夫下班回来了，年轻的工友便会挤到他们的香巢里，一起打扑克，到了很晚才散去，因为小屋里弥漫着一个家庭的温馨，而这会让坚守昆仑山枯寂日子的男人的心情变得宁静。

一场狂雪过后，天空昏冥。我走进他们小巢的时候，几个小伙子都挤在他们的小屋里看电视，见我进来，纷纷知趣地起身告辞。

我坐下来环顾小屋。屋内只能放一张高低床，一张桌子，小电视放在桌子上，上铺摆着两个人的什物。一米宽的下铺就成了他们的婚床，床头前放着一个大氧气罐。让人难以想象的是，他们居然在一米宽的下铺度过了半年多的昆仑山蜜月。

男主人王成不失巴蜀之地男生的英俊清癯，而女主人黎丽琴则有湘西女孩的温婉和热烈，白皙的肌肤被昆仑雪风吹得染上了一团团高原红。

"你们就这样在昆仑山上过小夫妻的生活，不想举行一个隆重的婚礼？"我问。

"想啊！"黎丽琴莞尔一笑，说，"再过五天。"

"五天，在哪儿？"我开始好奇了。

王成热情自豪地说："就在昆仑山隧道贯通那天。作家，我们邀请你来参加婚礼啊！"

"啊，这倒是一个有意义的婚礼，一生都难忘。"我感叹道，"可惜我那时估计已经越过了昆仑山，走向楚玛尔荒原，参加不上了。"

王成小两口有点失望。

"我会在电视里边看的。祝福你们，昆仑雪山见证了你们的爱情和婚礼，你们会白头偕老，一生厮守的。"我起身告辞。

"借作家的吉言，我们会的！"小夫妻俩将我送到了门口。

2002 年 9 月 26 日上午，随着青藏铁路总指挥、儒雅的领军之帅卢春房按动电钮，发出"起爆！"命令后，只听轰隆一声巨响，一阵烟雾腾起，全长 1686 米、穿越昆仑山海拔 4600 米至 4800 米多年冻土区的昆仑山隧道全线贯通了。中铁五局的两支施工队伍顾不得高海拔的禁忌，互相拥抱着、跳跃着，把他们头上的安全帽扔向空中，一泓男子汉的泪水潸然而下。

等一切都静下了，西装革履的王成牵着白纱披身的新娘黎丽琴，款款地走进了昆仑山隧道贯通之处，在苍莽昆仑的腹地，先向巍然的昆仑一鞠躬，再向远在沅水之边的父母鞠躬，然后向昆仑山隧道的建设者鞠躬，最后夫妻对拜。在众目睽睽之下，新郎新娘热切拥抱长吻，随后，王成抱着自己的新娘，一步一步走出了昆仑山。

莽昆仑不仅见证了铁道建设者与它比肩的铁骨雄魂，也见证了一段美丽的爱情。

一家人的雪域与一条吉祥天路

那天下午，王福红正坐在航吊驾驶室。进入 5 月，昆仑河谷的雪风渐次暖和起来，航吊窗子一开，便有惠风掠过的感觉。

不知什么时候起，中铁一局的制轨基地来了好多人，好像有一位大领导在前走，后面跟着很多人。王福红凭感觉，显然是北京来了要员，不然不会如此隆重，因为在航吊上，她看不清楚是谁。

"福红，下来！"铺架项目部经理站在车间用对讲机呼唤她下来，"首长要单独接见你。"

人们都称她是昆仑山上的一朵雪莲。王福红觉得自己不配这个雅称，雪莲花多高贵，只在海拔4000米以上的雪线上绽放，傲霜卧雪，一枝独秀，越是冰天雪地越开得艳，羞煞天下的名卉奇葩。而她只是昆仑山下的一棵小草。青海长云，春雨润物。1973年大莽原绿了的时候，母亲在青藏铁路一期路段上的哈尔盖生下了她。

王福红家真的与青藏铁路有缘啊。

父亲王国增是当年中铁一局的老职工，修青藏铁路一期西格段时，带着母亲上了高原，不仅在海拔3000多米的青海湖边生下了她，也将一双腿永远扔在了青藏铁路上。

浩浩乎莽莽昆仑，寒山万里。一条青藏铁路与一家人，等了整整三十载，青藏铁路二期才正式上马。如今王家兄弟姐妹、姑爷媳妇全上来了，朝着昆仑山一排走来，一家人映在长长轨道上的背影尤其悲壮。

王福红有点胆怯地朝着中央领导走来，这时她多祈盼看到一双双亲人的眼睛，哥哥、嫂子、丈夫与弟弟就站列在青藏铁路建设者中间，可是现在都不在现场，王家兄弟姐妹中唯有她是最幸运的。

其实王家的幸运与不幸运，都与这条青藏铁路血肉相连在一起。

2001年4月的一天，咸阳城里一夜春风，吹开万树梨花，如雪如云一样飘浮在城郭之上，也纷纷飘落在中铁一局一栋老旧的职工宿舍的小径上。踏着周末西下的斜阳，退休老职工王国增摇着轮椅，驮着孙子从小学校往家里摇去，碾碎一地飞落的梨花白。回望留下的两道车轮印痕，他总怀疑这不是梨花，倒像是青藏高原上满天狂舞的雪花，让他有一种久违的感觉。最近这些日子电视里总在播青藏铁路第二期格拉段上马的新闻，让老人热血沸腾，梦断青藏，魂系青藏，可惜人老了，一双腿扔在山上，再也去不了了，只在一枕冷梦中，拥抱那一片寒凉的冻土。

车进院子，老二王福营见调皮的儿子正骑在爸爸的脖子上，顿时火冒三丈，唬道："臭小子，滚下来，胆子越来越大了，居然骑到爷爷头上了。"

"我喜欢!"王国增将小孙子从自己头上抱了下来,瞥了儿子一眼,说,"我高兴!"

"都是您老宠的,宠到他敢在老人家头上动土了。"王福营有点不敢苟同爸爸太惯孩子。

老爷子却有自己的道理,说:"我过去修青藏铁路一期,将你们仨扔在咸阳放野马,没有尽到一点父亲的义务,如今啊,就给孙子补上了。"

听着王福营与父亲在门外说话,二儿媳白振荣、女儿王福红、女婿袁胜安、小儿子王福礼两口子都出来了。

父亲一惊,说:"什么风将你们三家都吹回到我这里啦?难得,难得。"

老伴高秀玲端着热腾腾的饺子出来了,插了一句嘴:"什么风,还不是青藏高原的山地风!"

"你们都要上青藏铁路?"老父亲似乎从儿女们的神情中嗅到了什么。

二媳妇白振荣快人快语:"爸,我们老王家这次上五个!"

"五个?"老父亲神色愕然。

"是!"白振荣说,"我和福营、福红妹与胜安,还有小弟福礼都上去。"

"好啊,打虎要靠父子兵,修青藏铁路少不了我老王家,可惜我这身子废了,不然也跟着你们去。青藏铁路不通拉萨,是我们这代铁路人一生的遗憾啊。"老爷子感叹道。

"好什么,我又不是没有去过青藏高原,我担心这些孩子都是金窝银窝里长大的,吃不了那个苦。"高秀玲不无忧虑地说。

"老太婆,我家这地方,什么金窝啊,狗窝一个!"王国增呵呵大笑,环顾四周,说,"我数了数,五个孩子有三个与青藏高原有关。福营在库尔勒当过兵,守过西藏阿里海拔最高的机务站,那可是喀什昆仑啊!福红是在青藏铁路一期的哈尔盖生下来的，在娘胎里就在青海待过。胜安也是在库尔勒的部队干过的，上过喀什昆仑。差一点的是振荣与福礼，但身体也没有问题。"

"是啊！"王福营感慨地说，"听爸爸一说，看来，这青藏铁路舍我王家其谁。"

"舍，舍，舍个啥？"母亲不满地说，"两口子都上去了，孩子扔给谁？我看三家男人上去就成，媳妇闺女都留在咸阳管好后方。"

"妈！"白振荣怕婆婆挡驾，恳切地说，"青藏铁路千载难得，大的方面说，不仅为国家为西藏人民修条吉祥路，小的方面说，不仅圆了爸爸的青藏梦，收入也是内地的好几倍，我们想给孩子将来读大学攒笔学费。"

女儿王福红说："是啊，妈。"

小儿子王福礼没有正式工作，缄默了半晌，吐了一句："我是队上的临时工，没有嫂子和姐姐的奢望，就一个养家糊口。"

母亲高秀玲听后一片怅然，儿女们说的都是大实话，上青藏铁路圆的不仅是国家的大梦，也圆了小家的梦，她没有理由阻挡，便挥了挥手说："去吧，孩子交给我和你老爸。"

热腾腾的饺子端上桌了，为了给孩子远上青藏铁路壮行，高秀玲特意做了几道热菜。坐在上席的王国增对老伴说："拿酒来！"

高秀玲摇了摇头，说："医生不是让你不要喝酒吗，还要喝！"

"要喝！我高兴。"王国增将一瓶西凤烈酒拧开了盖子，给两个儿子与女婿各倒了一杯，说，"我做了一辈子铁路人，最大的愿望就是修通世界上第一条高原铁路。可惜当年国家不富裕，中途下马了，我的一双腿也扔在了山上，壮志未酬啊。不过有悲也有喜，你们兄妹几个再上昆仑，铺路架桥，帮爸圆了青藏铁路梦，好啊！干！"

"爸爸，干！"王福营与父亲碰了碰杯，眼噙热泪说，"当年你送我上喀什昆仑当兵，我对你的青藏情结一直读不懂，这回儿子真懂了。"

王国增老泪纵横，说："儿子啊，懂就好，爸爸一双腿都埋在青藏高原了，能不爱那条高原铁路吗？"

四个男人将酒杯碰得咣当响，一饮而尽。

高秀玲站在旁边，更有巾帼气派，说："他爸，哭啥，当年我在哈尔盖生福红这小妮子时，差点把命丢了，你没有掉泪；你的一双腿截了，我哭成泪人，你未掉过一滴泪；现在几个孩子还未上昆仑，你反倒哭了，这不是在泄士气吗？"

"唉，老婆子，人老了就爱动感情。好，我不哭，不哭！把酒给我斟满。"王国增拭去眼角上的泪痕。

"爸！你不能再喝了。"女儿王福红劝道。

"不，我要敬你们一杯。"王国增将酒杯端了起来，说，"长江后浪推前浪，一代更比一代强啊。我敢说，王家的儿子、姑娘、媳妇、姑爷上了昆仑，都不会是孬种。但是爸爸还是忠告你们一句，谁要是中途当了逃兵，就甭想踏进王家的门槛。"

五个上昆仑的孩子都站起来说："爸爸妈妈只管放心，我们不会给王家门庭抹黑的。"

"好！我就要你们这句话。"

春风吹醉了咸阳城，有点微醺的王国增送几个孩子出门，仰望春天的夜晚，满天繁星镶嵌在深邃的天穹，夺目耀眼，有点像当年他在青藏高原上见过的格萨尔王战马背上镶了宝石的金鞍。远送着孩子们消失在夜幕里，消失在昆仑山的浮云里，他觉得五个孩子那颗纯朴的心，也像宝石一样纯净可爱。

20 世纪 80 年代中期的一个秋天，中铁一局为老职工办好事，决定内招一批子弟当工人，王家得到了一个指标，可家里却有三个孩子待业：二儿子王福营，女儿王福红，小儿子王福礼。代表那个年代铁饭碗的指标到了王家，却让老两口犯愁了，手心手背都是肉，到底给谁呢。

二儿子福营毕竟是哥哥，他首先表态，说："爸、妈，我先出局，这招工指标我不要。"

父亲问："不当工人，你做啥？"

"我去当兵。"王福营早已想好了自己的前途，"复员回来，就能正式分配工作。把招工指标留给小弟。"

父亲点了点头，说："好，像我王国增的儿子，有男子汉气魄。"

是年秋天，新疆军区来咸阳招兵，事先就声明是驻守西藏阿里机务站的通信兵，吃不了苦的别去。许多报名的年轻人都望而却步，转身离去，而王福营却毫不犹豫地跟着部队走了，在喀什昆仑的冰大坂，海拔最高的通信兵机务站守望了三年半。在千里冰封的银色世界里维护线路，半年之内大雪封山，不见一个行人上来，白天兵看兵，晚上看星星，半年之内将一辈子的话都说完了，从此沉默不语，成了一个木讷之人。

那年秋天，二儿子走了，王国增将小儿子王福礼叫到屋里，把一张表拍到他跟前，说："填吧，填了后，你就有正式工作了，以后可以攒钱娶妻生子，养家糊口。"

王福礼摇了摇头，说："谢谢爸爸，这张招工表我不能填。"

"为啥？"王国增一脸茫然，说，"你这娃，这可是你哥哥专门让给你的。"

"我姐呢？她也没有工作啊。"王福礼突然冒了一句。

父亲愣怔："女娃家，总要嫁人，以后找个有工作的男娃嫁过去，像你妈妈一样，当家庭妇女。"

王福礼不以为然，说："姐姐那么漂亮，没有一个正式工作，一辈子就毁了。我是男人，还是我到社会上闯吧，招工的指标，让给我姐。"

"你想好了？"

"想好了！从二哥走那天起，我就决定把这份工作让给姐姐。"

"有种，像个男人。"

一份工作，王家的两个男人以不同的方式让给了家里的柔弱姐妹。

福营远去阿里当兵；福礼到街上去摆摊，卖粮食杂货，娶妻生子后，夫妻俩都没有工作，最后到爸爸的老单位，当了一名铺路架桥的临时工。

王家三兄妹与爱人都上了青藏铁路。在昆仑山下南山口的中铁一局铺架项目经理部，二哥王福营是铺轨架桥的施工队长，爱人白振荣与妹妹王福红在枕轨车间开航吊，妹夫袁胜安开救护车，随时待命于山上的铺轨架桥现场，小弟王福礼是一个普通的架桥工人。项目部对这些双双上昆仑的夫妻，给每家辟了一个小屋。到了轮休的日子，往昆仑山、可可西里、五道梁、沱沱河不断铺轨向前的丈夫会下山休息两三天，得到久盼的妻子温馨的滋润。这十几间鸳鸯房，成了青藏铁路沿线最具人性化的一道风景。

王福营与妹妹王福红的宿舍，只隔着一间房子。在王福营那间仅能放下一张狭窄的双人床的小屋里，环绕着一排简陋的小沙发，一个取暖的炉子，一台十九寸的电视，最醒目的就是儿子那张照片，放了二十四寸之大。每次看到儿子的照片，白振荣便会涕泗滂沱，不能自已。王福营知道妻子这个心病，就用一件铁路制服将儿子的照片遮住了。而妹妹的房间里也挂着她女儿袁琳的照片。远上昆仑，第一次离开那么久，孩子成了母亲永远的牵挂和疼痛。

对于王福红来说，思女之痛，并不比嫂子轻多少。母亲打电话说，小袁琳看电视时，一看到有昆仑山的镜头，就背过脸去，因为她怕昆仑山在，却不见妈妈。等姥姥说电视屏幕上已经没有昆仑山的镜头时，她才转过脸来，红润的小脸蛋上落下了樱花雨。王福红听了，泣不成声，这种思女的压抑终于因一条短信爆发了。一天下午，下班回来的王福红走进小屋，突然发现手机的振铃突突响了两下，她打开一看，屏幕上闪现了一行字："妈妈，妈妈，我爱你，就像老鼠爱大米！"看着看着，一股母性的舐犊之情撞开了她脆弱的情感闸门，王福红哇的一声哭开了，那哭声挟着浓烈的乡愁直上昆仑。嫂子白振荣连忙跑了过来，询问怎么回事，王福红把女

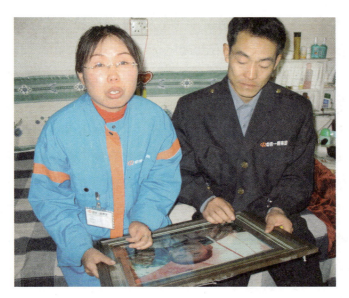

王福营、白振荣夫妇

作者与王福营夫妇、王福红夫妇交谈

儿的短信递给了嫂子，不看则已，一看，白振荣强捺的思念也爆发出来。姑嫂两个抱头痛哭，那哭声纵使踯躅昆仑雪山之巅的孤狼听了也会流泪。

但是王家兄妹依然觉得自己是幸运的，因为有深明大义的父母支撑在大后方。他们雄居昆仑，不仅圆了父亲一代铁路人的青藏梦，也向着为孩子攒一笔上大学的学费的梦想一步步走近。可是命运多舛，造化总在无情捉弄善良无助的家庭，厄运神不知鬼不觉地在敲响王家的命运之门了。

春节悄然来临了，咸阳城里时断时续响起鞭炮声，从昆仑山基地和风火山铺轨现场下山的王家兄妹回来冬休了。两载昆仑岁月，他们确实有了不菲的收入。三个孩子买了好多年货，来到父母家里，准备欢欢喜喜过大年，待到冬雪化尽，春暖三秦，他们就要三上昆仑了。然而就在这时，却发现了母亲一个惊天秘密。

母亲高秀玲颌下的淋巴一天比一天坚硬，自从孩子们第一年上山，就在隐隐作痛，但是她悄悄瞒着老伴，瞒着儿女们，后来淋巴肿得越来越大，她只好到医院开几片止痛药。孩子们回咸阳冬休，一家人相聚时，她仍在脖子上戴一条围巾，遮住肿胀之处。中铁一局职工医院的医生怀疑是淋巴癌，劝她赶快到西安确诊。

高秀玲摇了摇头，说："我不去西安！"

大夫不解，问为什么。

"我的病确诊了，不是一两万块钱就能治得好的。"高秀玲道出了苦衷，"我不能花孩子们的钱，那是血汗钱啊，是搭上性命上青藏才换来的。"

"这病拖不得啊，越早治疗越好。"大夫建议。

"不，我都快七十岁的人啦，拖过一天赚回一天。"高秀玲执拗地说，"唯一的心愿是老天别早收我回去，让我再熬三两年，把儿女的孩子带好，让他们干完青藏铁路。"

大夫听后欲说无语，有一天恰好遇上王福红来医院看病，才将高秀玲的病情告诉了她。王福红疯了似的跑回家里，不由分说地要解开母亲颈上的围巾。

"妮子，你干啥？"

"妈，你不能瞒我们了。医生全告诉我了。"王福红哭着说。

"嗐，这大夫，我可是与她有君子协定的啊！"母亲无可奈何，解开围巾，脖子上长了一个硬疙瘩，一触就痛，连吞咽都有些困难了。

三个孩子围着妈妈暗自流泪，年都没有过，连忙赶到西安一家大医院做穿刺检查，结果很快就出来了，甲状腺癌。

王家兄妹愣了。大哥王福生也从上班的航天工厂赶过来了。二哥王福营将小妹王福红叫到跟前，说："妈妈得马上做手术。大哥的孩子在读大学，厂里不景气，小弟虽跟着上了山，但只是民工待遇，他媳妇也没事做，一人扛着三张嘴，这钱就咱兄妹俩出吧。看来青藏铁路挣的钱，都得填进去。"

"哥，只要咱妈能好，没什么。"福红饮泣点头。

春天来了，小草像精细的绣花针脚一样，钻出了三秦大地。母亲做了癌症切除手术，经过几个疗程的化疗后，病情暂时稳定了，这时第三个年头上昆仑的时间也到了。王福营与妹妹商量，每家留下一个人来照顾母亲。

"都走！"躺在病榻上的母亲突然撑着病躯下床了，说，"三个孩子交给我和你爸，你们安心上青藏铁路，老娘死不了。"

王家三兄妹硬被执拗的母亲赶上了昆仑山。

到了2004年的夏天，母亲的癌症仍未能控制住，转移到了淋巴上，要做第二次手术。

大哥打电话来了，在电话中一片哽咽。王福红听着就哭了，嫂子白振荣是个深明大义的女人，她说："别哭，我找你哥去。不做手术，婆婆会疼死的。"

王福红饮泣道："妈妈舍不得花我们的钱。"

"舍不得花?"嫂子惊愕道,"痛死都舍不得花这钱,要我们干啥,我们挣钱给谁?"

最后三兄妹商定,由王福红请假坐飞机赶回咸阳。

可母亲死活也不愿做第二次手术,说:"妮子,就让妈妈这样拖下去吧,上次手术花了一大笔,这可是你们从青藏高原上顶风冒雪挣来的,留着给希凡和袁琳将来读书吧。"

王福红蓦然下跪相求:"妈,都说养儿为防老,可我们却在千里之外的昆仑。你们苦了一辈子,好不容易将我们拉扯大,有个病痛,就该做儿女的出钱出力啊。"

第二天,柔弱的王福红不由分说地将母亲拉进西安医学院,做第二次手术。那天从上午开始,王福红就站在肿瘤科手术室的走廊上等,主刀医生已有言在先,她母亲的情况非常不妙,手术风险系数很高,剥离的癌细胞全部包裹在人的神经周遭,病人如不配合,或稍有不慎,轻则半身不遂,重则下不了手术台,让她有充分的心理准备。王福红忧心如焚,唯有祈求昆仑山巅飞扬的经幡和朝圣香客的虔诚神佑母亲。手术持续了十几个小时,到了傍晚时分,手术室的红灯终于变成了绿灯。大夫出来了,疲惫的脸庞绽开了微笑,说:"这老太太真不多见,她用坚强创造了生命的奇迹!"王福红听后,涕泗滂沱。

麻药药力散尽了,母亲从沉睡中醒来了,虽然精疲力竭,却说:"老天对我王家还算公道,没有收我走,如果我死了,这几个孩子怎么办?我在一天,你们就可以出去挣钱。"

手术一周后,母亲能下床了,就撵王福红走。可王福红还是执意陪了母亲二十天,才回到昆仑山下。恰好暑假来临了,她执意将二哥的孩子王希凡和自己的女儿袁琳带到昆仑山脚的中铁一局的铺架基地,让他们过一个有意义的暑假,让他们看看气势雄浑的青藏铁路是如何在自己的航吊下组合成一节节枕轨，由希凡妈妈吊装到轨道车上，再由希凡爸爸驾驶着，驶过已铺好的青藏铁路，上昆仑，过可可西里，越五道梁，翻风火山，往长江源大桥驶出，看铁路是如何一段一段地铺向唐古拉，伸入万里羌塘。

小兄妹俩到了昆仑山南山口的铺架基地，早晨起床，只见一夜雨雾过后，雪山之神傲然横空，一会儿太阳出来，融尽戈壁上的残雪，而山顶上的雪却终年不化，让他们激动得又蹦又跳，犹如沉醉在儿时的童话王国里。

王福营与妻子商量，让小希凡上山去，亲身感受爸爸在高寒缺氧的地方指挥工人叔叔铺轨架梁，也许会影响他的一生。妻子点头同意，于是小希凡跟着爸爸，车入昆仑，玉珠峰白雪皑皑，让他留恋不已，等到了可可西里，看到草原上悠然走过的藏羚羊和野驴，更是高兴得手舞足蹈，可是一过风火山，他却受不了了，一句话也不说，躺在爸爸的怀里，气喘吁吁。王福营将儿子抱到车里吸氧，渐渐缓解。小希凡在那里待了一周，站在新铺的铁轨上看爸爸和叔叔们在风中雪中雨中一丝不苟地工作。下昆仑山之后，他突然觉得自己长大了。他对妈妈说：等我长大了，总有一天我要与同学们再来青藏高原，告诉他们这铁路是爸爸妈妈参与铺设的，每钉每铆都有他们的汗水和心血。王希凡的自豪溢于言表。

小袁琳跟着爸爸开的救护车来到了楚玛尔平原，她最想看的就是藏羚羊，可是当爸爸将她拉到铁轨上看在铁道两旁奔跑的小精灵时，她已经气喘吁吁，双眼迷蒙，美丽的藏羚羊成了风中的一片幻觉。

两个月的暑假如白驹过隙，转眼即逝。王希凡开学的时间到了，要先走，王福营和妻子白振荣打了一辆出租车去送儿子。一上了车，王希凡就眺望窗外的戈壁，一句话也不愿跟爸爸妈妈说。爸爸一再交代路上要小心，不能乱跑，不能随便下站，王希凡只是点头，却不回答。到了车站，他向爸爸妈妈说了一声再见，便背着书包，跑进卧铺车厢，爬到自己睡的上铺，将头埋进被子里，再也不肯下来，直至开车也没有露过面。儿子的影子被远去的列车载走了，白振荣刚走出几步，就蹲在地上，喊着儿子

　　吉祥天路：见证青藏铁路修筑奇迹

的名字哭开了。丈夫眼眶也红了，挽着妻子走出了格尔木站，钻进了一辆出租车，一直哭到了昆仑山下。

小袁琳走的一幕更让人揪心的痛。她在昆仑山下住到幼儿园开学时，也该走了。恰好有一个朋友要回咸阳去，王福红和丈夫袁胜安便托人家把丫头带回去。因为孩子小，王福红夫妇特意为她买了软卧，一起去送她，在车厢里坐到临开车的时候，才连忙下了车。小姑娘贴着窗子喊妈妈，妈妈听不见，只看见女儿的泪水在车窗玻璃上如雨在下。王福红拿自己的手机打了朋友的电话，女儿接了过来，一边哭一边说那句话："妈妈，妈妈，我爱你，就像老鼠爱大米……"

往事如风，却像电影一样，一幕幕地在王福红眼前闪现。

可是今天，她觉得昆仑山下的春风变暖了，她走进人流，只见一位中央领导同志向她伸出了热情的大手。

"昆仑山上的雪莲，这个称呼好啊，迎风傲雪，雪中绽放，像我们铁路女职工的性格。"中央领导握着这个普通铁路女工的手，喟然感叹。

王福红觉得自己是幸运的，中铁一局青藏铁路指挥部将最高的荣誉给了自己，中央领导还亲自接见了她，她要将这个消息告诉卧在病榻上的母亲。王福红觉得自己又是不幸的，两口子还有哥哥嫂嫂奔波四年四上昆仑，挣的钱都交给医院了，得之失之，失之得之。但是有了在昆仑山上的四年，有了一家人都上过青藏铁路的历史，如今手中所剩无几的她，蓦地觉得，自己是天下最富有的女人。

她已经想好了，等到青藏铁路正式通车那天，只要爸爸妈妈身体还好，她一定带着全家坐火车到拉萨，她要亲口告诉爸爸妈妈和女儿，在昆仑山零公里处通往拉萨的1100多公里的铁道线上，每隔一段的枕轨，都是她与昆仑山上的另外四朵雪莲一起吊装的。

她从不认为自己是雪莲，但是她的一家属于昆仑。

问鼎昆仑一儒将

五大冻土实验段开工姗姗来迟。

那天傍晚，铁道部一位领导从可可西里下山后，将青藏铁路总指挥部的指挥长们召至会议室，青藏铁路公司筹备组组长卢春房也坐在身旁。领导神情凝重地说："你们问我何时返京，我现在郑重地告诉诸位，五大实验段不开工，我就不走了。"

青藏铁路总指的指挥长们面面相觑。

"你们应该明白，冻土实验段今年如果不开工，没有一年的冻融，就难以发现问题，补墙设计就会滞后，会影响青藏铁路的工期。我再郑重地说一句，五大实验段什么时候开工，我什么时候走。"

领导破釜沉舟，欲留在昆仑山下最后督战。

送走了几位指挥长，领导转身问卢春房："春房，你说卡在哪个环节上？"

"指挥体制不顺！"卢春房坦陈己见。虽然此时自己只是青藏铁路公司党委书记、筹备组组长，工程建设仍委托铁道部工管中心分管，这已经是老传统了。可是7月份第一次上山检查过后，他又数度上山，不免忧心忡忡。五大冻土实验段的图纸陆续到了，但几家施工单位的机械、技术准备不足，想扎好营盘待明年，就是昆仑山下已开工工段，质量也与世界一流的高原铁路有差距。再则，与青海、西藏两省区协调管道不畅，与新闻媒体沟通也不够，寥寥几笔就会裂变成通天大新闻。凡此种种，问题就出在指挥体制的不顺上。一条青藏铁路，对应一个青藏铁路公司和一个铁道部建设司工程管理中心派出的青藏铁路建设指挥部，又分别隶属于两个主管的副部长，指挥不顺。

"春房，你有何想法？"领导征求他的意见。

"两套人马合二为一，由青藏铁路公司统管。"卢春房是坦荡之人，他并不怕人家说他有取而代之之嫌，只是从工作着想。

"好，我也有此意！"领导默默地点了点头。对青藏铁路开工之后出现的问题症结，他早已一目了然，他有意让卢春房将青藏铁路公司党委书记和青藏铁路建设总指挥部指挥长一肩挑，只是时机还不成熟。

到了9月下旬，铁道部建设司也向部党组反映了这个问题，觉得指挥体制不畅，建议还是交给卢春房来管可靠。

卢春房回北京开会，分管建设司的蔡庆华副部长看到他，说："春房，现在这个情况不顺。你把青藏铁路总指挥部指挥长的重担接过来干，环顾体内，唯有你最合适。"

"谢谢！"卢春房也毫不推辞，说，"不瞒领导说，在铁路建设方面，我当指挥长的经历倒还很丰富，大大小小的职务都干过。"

"呵呵，春房这回可是当仁不让了。"蔡庆华笑了。

是年11月，卢春房从西宁城回到了铁道部大院的综合楼里。一天在大院里恰好与工程管理中心主任施德良不期而遇。两人曾同在建设司待过，虽然施德良年长十多岁，但他仍然十分尊重卢春房这位少壮帅才。一见面，卢春房便向施德良预约了，说："施主任，我们找个时间聊聊！"

"好啊，春房，我早就想找你了。青藏铁路那个委托管理，弄得工管中心心力交瘁，该想一个出路了。"施德良的话很真诚。

数日之后，施德良主动来到了综合楼的办公室，聊了一会儿青藏铁路的情况，他便单刀直入，说："现在的委托管理，谁都难受，改吧！春房，你将指挥部一锅端过去，由青藏铁路公司担起来。"

卢春房沉吟了片刻说："施主任，将你的指挥部接过来，我早有此意，这样比较顺，但是人不好管，工管中心是驻勤的，转到青藏铁路公司来，这批人愿不愿意？"

"该调就调走！"施德良掷地有声地说。

"好，就这么办！"两个人迅速达成了共识。

随后，卢春房到了铁道部领导办公室，将他与施德良达成的协议做了详尽汇报，核心就是将一直由建设司工管中心管的青藏铁路指挥部交给青藏铁路公司，由卢春房兼任总指挥。

"好，就这么办！你写成一个文字性的东西，呈报部党组批准。"

当天下午，卢春房正式起草了一份书面报告，将把青藏铁路总指挥部交由青藏铁路公司管理的缘由说得非常到位，让施德良审看之后，便正式报铁道部党组会议研究，形成了一个正式文件。2002 年 1 月 1 日，青藏铁路总指挥部正式划过来了，卢春房任青藏铁路公司党委书记兼青藏铁路建设总指挥部指挥长。

一并而牵全局。当酝酿合并之事尘埃落定时，卢春房的心情反倒轻松不起来，千重昆仑从此压到了自己的肩上。这个冬天，北京刚下过一场初雪，秋风梳理过的水泥森林般的城郭，沉落在雪浴过后的纯净之中。他对青藏铁路公司组织部长、从铁道部办公厅跟他去西宁的刘小雨说："我们上格尔木去！"

刘小雨不解，问："卢总，青藏高原此时已雪拥千山，天寒地冻，队伍都撤下来冬休了，你过去做什么？"

"稳定军心！"卢春房说，"越是冬季，越要让青藏铁路总指挥部的同志们步入感情的春天，在开工之前，把士气鼓起来，把斗志昂扬起来。"

卢春房先飞到了西宁的青藏铁路公司，将所有人员召集在一起，说："铁道部赋予青藏铁路公司更大的功能，建设与经营融为一体，我的办公地点要推到昆仑山下，希望大家都到建设一线去。"18 个员工被董事长的人格魅力所感染，写了 18 份申请。这让卢春房有了坚强的后盾支撑。

日暮黄昏，他登车西去，直奔格尔木城里的青藏铁路总指挥部会议室。人是来齐了，却一个个耷拉着脑袋，默默地抽烟，空气很沉闷，表态发言也很死板，场面显得十分尴尬。

卢春房站起来了，真诚地说："我由青藏铁路公司党委书记身兼总指挥，绝不是来收编青藏铁路总指挥部的，也不是说前段大家干得不好，我要带着一班人来取而代之，而是要更好地整合资源，最大限度地发挥每个人的长处，加强协同。不存在我吃掉你、你吃掉我的事情。我这个人走过很多地方，从基层到机关，从铁道兵营到铁道部，毫不自夸地说，最大的优点，就是与人为善，团结搞得好。虽然现在两家合为一家了，但是每个指挥长的职责权限和待遇都不变。驻勤人员愿留下的我欢迎，工管中心来的人员隶属关系也不变。我希望一个同志也不要走，青藏铁路这样世界级的工程，人的一生能遇到几次，参与建设这项工程是我们每个铁道建设者最大的荣耀。虽然青藏铁路公司在地理上不占优势，可是我们的事业却是举世瞩目的。我欣赏《钢铁是怎样炼成的》一书里保尔说过的那段话，当一个人回首往事的时候，一定会为参与青藏铁路建设而不枉中国铁道人的一生。"

随后他又逐个找大家谈心。他对常务副指挥长王志坚说："你当常务副指挥长，在前边大胆地干，有什么问题，我兜着！"

"卢总，我们跟你干。"王志坚的眼眶有点发热。

真诚撼动人心。除了个别驻勤的普通工作人员调离外，青藏铁路总指挥部中层以上的干部一个也没有走。接着他又招募了一批人，扩大了队伍。

卢春房要在昆仑山和可可西里的冰雪解冻之前，以最短的时间完成磨合，齐心协力打青藏铁路的大仗。

队伍稳住了，人心凝成昆仑，卢春房便将目光投向了青海和西藏两省区。就在十几天前，青海当地有的包工头拿不到青藏铁路的采石工程，竟恼羞成怒，给青藏铁路总指挥部下绊子，对匆匆路过铁路沿线采访的媒体说，青藏铁路乱挖乱采。很快这个通天的新闻便出现于中央一家电台很有名气的早间栏目，舆论一片哗然。卢春房兼任青藏铁路总指挥长后做的一件重要事情是：我们不能拒绝媒体的监督。这件事错不在媒体，是我们与新闻媒体的交流沟通不够，不必再去与人家叫板，弄个你错我对，重在引以为戒，有则改之，无则加勉。

随后，他又一一拜访青海、西藏两省区的国土资源厅，广泛征求意见，并一趟趟到格尔木市委和市政府沟通协调。市委书记很感动，说："卢总，你可是堂堂的正厅级，中央部委的大员，我格尔木市不过一个县级市，你如此放下身段，我们很感动。说吧，卢总，有什么事情需要我们解决？"

卢春房一笑："没有什么，我只有一个要求，如果青藏铁路有什么事情从地方口反映到你这里，请事先与我沟通一下。"

"见外了，卢总。青藏铁路是我们格尔木人民的致富路、幸福路，铁路的事情，就是我们的事情，凡反映到我这里的，全能解决。"

"谢谢！"卢春房步履轻松地告辞出来。

卢春房的下一步棋，是理顺内部关系。他将施工单位的各个指挥长、监理部门和设计单位的头头召集在一起，就强调一句话，树起青藏铁路的整体意识和精神。他说："大家担纲的角色不同，工作也不尽一致，但是只有一个目标，只有一条通天大道，就是永远一路朝上，朝着昆仑山、朝着唐古拉、朝着拉萨，心连心、肩并肩地走过去，青藏铁路荣我荣，青藏铁路衰我衰。以后不论哪个单位，不能再有感情的隔阂，不能再发牢骚，不能对执行上级的指示软磨硬抗，有事大家平等协商，定了就不能打折扣。设计、施工、监理和物资保障，都要环环相扣，成为一个整体。我有话在先，工作我放手让大家去干，出了问题，我卢春房扛着。可是谁要是只顾小群体的利益而没有大局观念，办砸了青藏铁路的大事，那就走人、走队伍。"

襟怀坦荡，恩威并重，说得入情入理，丝丝入扣。各个老总眼睛都蓦然一亮，我们遇上明白人了，跟着他拼命地干，没错。

干就得有章法。卢春房让青藏总指的各个部门将资料档案整理了一遍，发现有的文件只有举措却没有结果。他组织一班人将所有规章制度汇编成册，一下子制定了二十六七份文件法规，形成了照章办事、有章可循的新局面。

卢春房当了二十年大大小小的指挥长，他觉得自己最成功的一笔，就是拟定施工组织计划。青藏铁路开工第一年，一度让铁道部领导说了重话，五大实验段不开工，就住在格尔木不走了，症结就出在没有一个清晰的施工组织计划和指导施工大纲上。他亲自布置，集体论证，请技术专家参与写出指导施工的大纲，然后一步一步地排出七年间的投资安排、重点工程安排、重点技术方案和质量、环保、卫生安排，每个施工流程，一编就是一二百天，每天做什么，落实到什么程度，进度图表上一目了然。

冷山千里我独行。做完了所有的事情，姗姗来迟的春天已经抵近昆仑山了。卢春房步履轻松地回到北京，对领导说："事情都处理好了，万事俱备，就等春天上山甩开膀子大干了。"

"还有哪些难题，需要我出面协调解决？"铁道部领导热情地问道。

"没有！都办妥了。"卢春房回答道。

"春房，办得好啊！"领导向这个青藏铁路前线指挥官投去赞赏的一瞥。

第五章　走过唐古拉

光明的太阳，

你是我的爱人。

什么乐土我也曾经到过，

如今才遇到你这个博爱之神呢。

——六世达赖喇嘛仓央嘉措情歌

最后三根火柴

　　一天傍晚，张鲁新出席一个晚宴，宴会厅的电视里正在播出一部纪录片《西藏的诱惑》，酥油灯一盏盏地点燃了，在芜野无边的视野里展现，嘹亮的藏歌响了起来，他手中的筷子便放下了。凝视着屏幕，一根火柴点亮一盏长明灯，然后便是一条辉煌如长河的长明灯在闪烁，遥远的青藏路上，一个个朝圣的信徒磕着长头，越过唐古拉，一步一步朝着神圣的布达拉宫走近，身后却是广袤无边的羌塘草原。

青藏未曾入梦来，天路却在视野中惊现，张鲁新的泪水哗地涌了出来。朝圣者一步一步走过高原，为的是一种虔诚的坚贞，他也一步步横穿过青藏，走过唐古拉，走遍五百多公里的冻土地带，为的是一个皇皇的铁路梦。

记得那一年的冬天，是由程国栋院士担任冻土队长，带队探测唐古拉以北的永冻土地带，需要穿越无人区。

在距尺曲河不远的地方，有一天上午，程国栋队长派张鲁新、陈济清和李烈三个人一组，去测十公里远的一处冻土地带，取回科研数据。出发前，程国栋给了他们一张大比例的军事地图，炊事员为他们三个准备了一份中餐——三人一听午餐肉，每人两个冻馒头、一壶凉开水。

走出帐篷前，平时爱吃糖的张鲁新特意在自己的包里装了五颗大白兔奶糖。按照正常的行程，他们上午 8 点出发，下午 4 点就能返回营地。

那是一个大晴天，旷荡的莽原上天空如海水洗过，不见一丝云彩，罡风从天堂里吹来，在那片千里枯黄的草原上卷起万顷金波，浩浩荡荡地朝着张鲁新他们涌来。张鲁新手执着一张航拍的大比例军事地图，在寻找一条河，一条横过圹埌之野的无名的季节河，按时间应该是在下午 1 点左右抵达河边，取得所有的数据，然后按时返回营地。

可是在草原上吃过午餐后，已经习惯了高原气候多变的张鲁新一行三人却享受不到上午那阳光灿烂、万里无云的晴空。祈盼的心灵在等待，却不急不慢等来了一场劫难。

走到了下午 3 点多钟，也未见到那条河流。是三个人迷路了，还是大比例的军事航拍图出了偏差？谁也未多想，只想找到那条河，到了那里就可以返程了。一直到了下午 5 点多钟，天上的云朵开始聚集了，那是一场大雨或大雪将至的预兆，可是他们仍然找不到那条河。

"鲁新，我们不能再走了。"大胡子陈济清提醒张鲁新说，"再走下去，可能就会将小命搭上了。"

"那就回撤吧！"张鲁新最终放弃了找到那条河的念头，凭着记忆，开始朝回路走。

翘首望天，此时云层已经聚合成了一艘巨大的军舰，浩浩荡荡，从他们的头顶上驶过，天空开始暗淡，刚才还透明的天地一片混沌。天上开始飞雪了，雪狼迈着从容的步子，不紧不慢、不急不躁地朝着他们走来，摇晃着巨大的头颅，像一个高贵的绅士在向突然闯入它的生活领地的三个男人示威，看谁的意志和忍耐在最后一瞬间坍塌。张鲁新已不止一次在荒原上遇到雪狼了，他知道狼并非人类的天敌，它们的紧张和奋起攻击恰恰是因为人的侵入而令其惶惑所致，与狼的对峙最好是一种陌生绅士见面时的礼仪，高傲地微微一笑，然后井水不犯河水，视而不见，各走各的通天大道。

雪风长驱，他们就这样与雪狼擦身而过。走着走着，天已完全黑下来了，风雪迷漫，莽原上早已经伸手不见五指，三个人不知道被命运之神抛于何处，寒风直往衣服里钻。他们已经连续好几个小时未再吃过一点东西了，又累又困，便找了一个避风的山坳躺了下来。陈大胡子是一个烟鬼，摸出了一支烟，衔在嘴上，想划火柴点燃。张鲁新连忙说："济清且慢，暂时不要点烟，告诉我还有多少火柴？"

陈济清数了数，说还剩下最后三根。

"不能再动了，那可是照亮我们生命之火啊，留着吧，万一我们一时走不出去，还可以生火取暖。"张鲁新已经做了最坏的打算。

有烟不能吸，陈济清开始哈欠连天了。

张鲁新摸摸身上还有什么可吃的，突然摸到了那五颗大白兔奶糖，他惊呼道："天不亡我辈啊！"

陈济清苦笑道："张工，你还这么乐观，今天晚上难说我们不会葬身风雪之中，有来无回，要做苍狼的晚餐了。"

张鲁新很认真地说："我说的是真的，我请两位吃糖！"

张鲁新先摸出三颗，每人一颗递了过去。

"是做梦啊！"陈济清感慨道。

"不是梦，是真的！"张鲁新又将最后两颗大白兔咬成了六节，每人两节。

"这可是救命糖丸！"陈济清和李烈接过来后，咀嚼起来。

细细舔尽了最后一小粒奶糖，身上突然有了力气。这时暴风雪渐渐地小了，厚厚的云彩仍然笼罩在头顶之上，云罅裂开了一道巨大的雪沟，被暴风雪遮挡了的星星重新在天穹上闪烁了。雪后的高原静得慑人，唯有风的呼哨如长安城下的埙在尖啸。张鲁新在寥廓空宇下的无人区行走了三四年，他有在户外旷野中辨别方向的经验，尽管四处并无参照物，但是冥冥之中，他觉得他们三人走的方位并未错，并未离大本营太远，但是横无际涯的大荒原也在考验着他们最后的意志。

陈济清说："张工，我们不能再走了，就在这个山坳里等待救援吧。"

"也许这是最好的办法！"张鲁新点了点头。

三个人蜷缩在一起，似乎在等待楚玛尔荒原上的最后时刻，等待着一场命运的劫难抑或吉人天相蹒跚来临。

冻土队的大本营里，程国栋队长在帐篷里等待着张鲁新三人归来，等到了落日时分，苍莽的荒原上不见人影，等到满天飞雪，仍不见风雪夜归人。他预感到张鲁新他们迷路出不来了，便先派一支人马出去寻找，却没有消息。已经离张鲁新他们预定回来的时间超过了五个多小时，程国栋队长急得流泪了，在荒原上作业多年了，第一次发生人员彻夜不归的事情，他将二十多人的队伍集合起来，兵分三路从东南北三个方向出动寻找，点燃火把，给陷落于黑夜中的张鲁新他们以生命的希望之光。三支队伍朝三个山头相向而行，在广漠的荒原上向着遥远的地平线喊着张鲁新他们的名字。

然而荒原莽荡，太过辽阔了，没有大山的回声。战友齐声呼唤的声音，在夜风中显得那么声嘶力竭。喊声最后变成了一阵阵牵挂生命安危的哭声，面对荒原无助的哭声。

"有人来救我们了。"李烈跃身而起，说，"我好像隐约听到山包上有人喊张工的哭声。"

"我看到火光了！"陈济清翻过身，趴在雪山之上，他已经没有力气呼唤了。

"怎么办，我们总不能坐以待毙吧？"李烈问张鲁新。

陈济清从兜里摸出了火柴，说："我有办法了！点火，向他们发出火光的信号。"

张鲁新点了点头，说："好，但是不能烧冻土的数据资料，那是我们用命换来的。"

三个人不约而同地点了点头。

陈济清将烟盒撕开了，双手颤抖着，点第一根火柴的时候，突然被一涌而来的雪风吹灭了。

"快点。咱们三个人围成一团，挡住雪风。"紧要关头，张鲁新几乎是在命令自己的两个同事。

三个人迅速围成一团，将周遭的雪风挡在了身外，陈济清的手不颤抖了，心却怦然而跳，重重地划下了第二根火柴。划燃了，张鲁新立即将卷好的烟盒纸凑上去，第二根火柴点燃了生命希望的篝火。他们举着伸向天空，向山头上张扬、晃动。

或者只在瞬间，手中的烟盒纸就燃尽了。张鲁新回头对李烈说："将冻土资料天头地角的空白处撕下来，卷起小纸筒，不要伤及数据。"

李烈迅速将几个小纸筒做好递了过来。

三个人再次围成一团，划着第三根火柴，点燃那簇微弱的生命篝火，在鸿蒙初辟的大荒上燃烧了三分钟，他们生命中最漫长也最紧要的三分钟。

沉沉黑夜中的生命之光，终于被伫立在山顶上寻找他们的程国栋教授发现了。寻找的队伍呈扇形包抄过来了，终于在一片洼地的雪窝里找到了张鲁新他们三人，一场生命的历险让同事相拥而泣，热泪滂沱荒原。

爱巢筑在岭南无人区

曹春笋给妻子阎卓秀打了一个电话，说要上唐古拉了，便匆匆往青藏高原的项目部赶去。

丈夫远行唐岭，妻子也牵挂着高原，在西安至安康线上的阎卓秀已经坐卧不安了，她向处里的领导申请，欲追随丈夫上山，可是领导摇了摇头，说："你已经搞了十多年的地质化验了，是台柱子，不能走啊。"

阎卓秀好生失望，便给唐古拉山上的项目经理高泽辉打电话，说："高总，我也要上山。"

高泽辉起初不解，说："你们家春笋已经上来了，再让你来，我于心不忍，再说我这里是要干活的人，不养闲人。"

阎卓秀急了，说："高总，此话差矣，我可不是闲人，我有十几年的化验经历啊。"

高泽辉一听乐了，说："我倒真缺你这样一个人。"

于是，阎卓秀来了一个不告而别，从西安坐上火车，直驱唐古拉，到了高泽辉的项目部。此前中铁十七局一个女士也没有上来，她成了千百男人之中唯一的唐古拉的雪莲。

唐古拉海拔高得惊人，5072米。阎卓秀投入了唐古拉的怀抱，却不能与丈夫在一起同住。因为唐岭之上的帐篷太紧张，不能给阎卓秀单独安排一个，于是她便与工程部实验室主任何新阶、袁复安、黄海涛、吴传模四位男同志住在一个三十多平方米的帐篷里，只在帐篷的一隅，挂一块彩条布，就算是一堵墙了，隔开了一个女人与一群男人的疆界。每天晚上，他们坐在一起打扑克，一直玩到很晚，才各自回到自己的床上休息。两个多月的时间，阎卓秀与四位男士同住一个帐篷，听着他们的鼾声度过一个个难眠之夜。

因为唐古拉山上只有一个女人，所以没有为阎卓秀设立女厕所，每次方便时，她就带上一个小纸牌，上边写着"有女同志在"，男同志见了连忙退了回去，但是蹲在厕所里方便的阎卓秀仍是心惊胆战，既怕男同志突兀而入，更怕雪狼长驱直入，因为山坡上总有一只只雪狼徘徊周遭，毫不顾忌地闯入他们住的地方。最令她惊讶的是，晚上睡觉时要生炉子，可是到了第二天早晨起来，睁开眼睛一看，吓了一大跳，炉子下沉了一半，帐篷中间已是一片泥，外边的雪风呼啸而入，帐篷里的温度早已降到了零下10℃，就连氧气瓶也冻成了冰瓶，根本无法吸氧。

阎卓秀与四个男人住了两个多月后，终于可以与丈夫曹春笋住到一起了。在海拔5000多米的唐古拉无人区，他们筑起一个小小的爱巢，一个棉帐篷搭起来的小屋。但是欢乐在唐古拉山却冻成了冰点。

刚开始上山的时候，阎卓秀的高原反应并不强烈，可是到了11月份，满天的飞雪落在唐岭之上，一天十几场的暴雨、冰雹，空气稀薄到了无法生存的地步。阎卓秀总觉得肚子胀，连饭也吃不进去，一天勉强吃一顿，却不知饥饿的滋味。最难熬的是晚上，胸口憋得慌，竟然扯到了背部，疼痛难忍，实在受不了，便伏在床上嘤嘤哭泣。可丈夫照顾不上她，每天晚上将近11点钟才能回到帐篷里，见妻子泪流满面，他也痛不欲生，便说："卓秀，你回去吧，反正你上山也没有经过处里允许，没有人会说你。"

曹春笋的妻子阎卓秀

　　阎卓秀摇了摇头说："不，将你一个人放在这高寒缺氧的地方，我不放心。我要陪着你，哪怕成天躺在帐篷里，也在所不辞。"

　　"卓秀！"曹春笋的心中涌出一股暖流，他将妻子揽在怀里，这是他们在唐古拉山上唯一的表达亲近的方式。

　　"过几天，我陪你下格尔木去待几天。"曹春笋说道。

　　按照中铁十七局青藏铁路指挥部的规定，夫妻都在唐古拉的，每两个月可以到格尔木的招待所里休息十几天，洗洗澡，休整一下，也借机过一下夫妻生活。但是曹春笋上山后就没有时间，阎卓秀又一个人承担十几项化验任务。

　　阎卓秀苦笑了一下，说："你那么忙，哪里会走得开。还是等冬休下山回太原再说吧。"

　　"你趴下，我给你揉后背。"见妻子憋得泪水汪汪，已经很疲惫的曹春笋俯下身来，伸出双手，给爱妻揉背，一直揉得她不再憋气了，静静地睡熟之时，曹春笋抬腕一看，已经凌晨两三点了。

阎卓秀似睡非睡，人在唐古拉之上，情思却飞到了平遥古城。她与曹春笋的相识相爱，多少有点现代年轻人穷追不舍的浪漫。

高泽辉经理见阎卓秀高原反应大，立即让曹春笋陪她下山，休整习服几天。从此他专门做出了硬性的规定，在山上两个月的都必须下到格尔木去休息十几天，再上山来工作。下山之前，医生来体检时，阎卓秀有发烧的症状，可是也十分奇怪，车至五道梁时，海拔仅下降三百多米，她便有到了苏杭的感觉，而车至可可西里时，居然不发烧了。

在格尔木休息几天后，阎卓秀又跟着丈夫上来了。整个 2002 年至 2003 年，他们是唯一一对在唐岭之上的夫妻。

有一段时间，工程部实验室的工作实在忙，每天晚上几台电脑同时开机，将一天要化验的数据整理出来时，已经是凌晨三四点钟，阎卓秀回到帐篷后，发现曹春笋还未回来。她知道，便道的施工，让十七局一时陷入窘迫之境。自己加班回来了，丈夫仍然在搅拌工地蹲着督导。她最害怕的就是一个人躺在床上，帐篷漏风，空荡荡的，外边总有犬吠和狼啸的声音四起，因为食堂的垃圾场就在附近。她担心狼会钻进来，只好把菜刀藏在自己枕头底下，睁着眼睛看着帐篷的口子，随时准备与闯入的雪狼一拼，一直等到丈夫回来，她才能如释重负地松一口气。

到了唐古拉山上，曹春笋太忙了，时序逆转，不再是他为妻子操心，更多的时候，却是阎卓秀将一颗心悬在唐古拉之上，彻夜不眠。

有一天晚上，已经过了 12 点，还不见曹春笋回来，工友们说 11 点开完会他就驾车朝着安多县方向走了，去接机械队的工班班长。那天下午 4 点多钟，曹春笋上工地时，只见一辆到拉萨串亲戚的藏民的卡车坏了。以前无论是在青藏公路的大道上，还是唐古拉的越岭便道上，抑或是从未有路的无人区，只要遇上藏族同胞的汽车抛锚了，曹春笋都会情不自禁地下车，帮着修理。那一天藏民的卡车坏在没有道路的无人区，曹春笋发现后，钻到车里修理了半个时辰，仍然不见好转，茫然四顾，荒原上没有路可行，便派工班班长送藏民一家到安多。晚上11点多钟，曹春笋开完会后，仍然不见工班班长回来，他既怕车在半路熄火，更怕工班班长迷路身陷无人区，四处都是冰湖，夜间的气温已降至零下40℃，如果车陷冰湖，人就会被冻死，或者遭遇野兽围攻。他没来得及向领导请示，便独自驾车去找工班班长了，最终在一个冰湖找到了。他发现车已经身陷湖中，便设法去救，可惜由于夜暗天黑，自己的车也深陷湖中，两台车都不敢动弹了，不然冻冰一化，就会车沉湖底。好在离十七局五公司工地比较近，曹春笋朝山冈一看，野狼眨着一只只绿眼。他往五公司的驻地走去，带来了吃的东西，找来了拖车的钢绳，只是因为夜晚太黑，只好待到早晨天亮再说。

起初阎卓秀以为丈夫加班了，突击越岭便道的时候，加班是寻常之事，如今越岭铁路标段已展开全面攻关，机械队长自然是一线领军人物，他们已经习惯了两个人见不到面的日子。但是那天妻子的心一片惊惶不安。到了次日凌晨4点钟，有人回来了，外边叫叫嚷嚷的，她想可能是出事了，但没有往丈夫身上想。迷迷糊糊睡到了天亮，她一起床，就去问出了什么事情，知道不知道的都在摇头，后来不知是谁冒了一句，说深更半夜的到哪里去找，怕是没有遇上老藏民，天又冷，不冻成冰雕，也说不定成了群狼的盘中餐了。

曹春笋一夜不归，阎卓秀心忧如焚，虽然孤坐实验室里，但是她此时已经是心绪茫茫连浩宇了，无尽无人区，牵走了她的心魂。而且流言蜚语也不时传来，有的说曹春笋送藏民喝醉了，有的则说是进安多县城潇洒去了。后来，当高泽辉经理找到冰湖旁的曹春笋时，从不流泪的高经理，抱着自己的弟兄哭了。

一场生死劫后，中午终于见到了丈夫，阎卓秀悬在唐岭的心终于落到了雪地上。在众目睽睽之下，她将丈夫搂在怀里，留下了雨点般的吻，然后涕泪泫然！

父爱如山，堪与唐古拉比高

2002年初夏，康文玉被批准上唐古拉山时，已年近五旬，成了中铁十七局越岭地段岁数最大的一位职工。

被任命为一项目部办公室主任那天傍晚，康文玉很高兴，但事先并没敢告诉家人，只让妻子包了一顿水饺，拿出了一战友送给他的一瓶杏花村酒，破例喝了几口。他已经有好些日子没有喝酒了。

"文玉！这么多年来，我还是第一次见你笑。"抱病在家的妻子康香莲苦涩一笑，说，"遇上什么喜事了？"

"岂止是喜事，是双喜临门。"康文玉抿了一口酒说，笑得很灿烂，小眼睛眯成一条缝。

"双喜临门？"妻子有些不解。

康文玉故作深沉地说："咱们的儿子一楠考上北方交大（2003年改名为北京交通大学），算不算一喜？"

"当然算了！"妻子点了点头，说，"这倒不牵强，应该算我康家今年第一件大喜事。还有一喜呢？"

"从唐古拉而来啊！"康文玉将上青藏铁路的通知书摆到了妻子和女儿面前。

"你要上唐古拉？"妻子的神色一片惊讶。

"不行吗？"康文玉反诘道。

"你都五十的人啦，真要把这把骨头扔在唐古拉山上？"妻子的眼泪唰地出来了。

"香莲，没有这么恐怖！"康文玉安慰道，"当年青藏第一期，我们的蜜月就是在格尔木度过的，蕾蕾就是在那里怀上的。"

"别给我提格尔木！"妻子的神情突然严峻起来，"如果不是格尔木，蕾蕾也不会这样。"

"扯到哪里去了！"康文玉望着瘫坐在床上，除了右手和脑袋，双腿和左手都残了的爱女康蕾蕾，心中有一种挥之不去的隐痛。其实，妻子说的未必是实情。蕾蕾患格林-巴利综合征，与当时怀孕在青藏高原的关系并不大，而是因为在乡下错过了服免疫药的机会。但他不想再勾起妻子永远的痛，便换了一种口吻说："香莲，上青藏线对咱家绝对是一个好机会。"

"我知道是个机会！但你五十挂零了，你这把岁数的人还有谁上去？"

"没有事的，我人瘦，上唐古拉能适应。"康文玉笑呵呵地说。

妻子原是村里的民办教师，买了户口进城后，起初还开了两个服装门市，生意很红火。可是自从女儿罹患格林-巴利综合征，突然瘫了半边身子后，她便心情颓然，无心恋战商场，带着女儿看遍全国的名医，医了一个倾家荡产，自己也恍恍惚惚得了抑郁症。家徒四壁，就连两个孩子读书的写字台都是捡来的，沙发也被坐得陷成一个洞了，全家人的衣物就装在几个编织袋里，无一件值钱的东西。丈夫一上青藏线，家里几乎就失去了顶梁柱啊。

可是那年上唐古拉前，日子过得一直拮据的康文玉，突然变得阔绰起来，令妻子和女儿有点不认识了。他一下子向朋友借了两万元，给女儿买了一台电脑和打印机，为妻子买了一台大彩电。

康文玉就在妻子、女儿的期盼和眷恋中，走上了青藏高原，走上了唐古拉山。一到山上，父亲与女儿的联系就中断了。但是在山岭上每生活两个多月，就可下山到格尔木的基地大本营休息，他便上街给家里打电话。

女儿喜欢文学，在埋头写散文和小说，缠住爸爸就不放电话，问爸爸的身体，问西藏的蓝天白云、雪峰草地，还有那一个个筑路人惊天动地的故事。

"蕾蕾，爸爸这是长途电话。"康文玉舍不得将在唐古拉辛辛苦苦挣来的钱，都扔给了中国电信，便说，"等我回来，给你讲个三天三夜。"

"三天三夜不够，青藏铁路人的故事够讲一千零一夜。"蕾蕾在电话那头说着。

"好！我给你讲唐古拉山上一千零一夜的故事。"爸爸答应了。

那年冬天，康文玉下山，回到太原城里那个简陋的小家，醉氧的感觉尚未消失，却有一室温馨和亲情相拥，妻子从十年前女儿患病的精神刺激中渐次平复下来，女儿就缠着自己讲故事，关于西藏，关于青藏铁路筑路人的故事。

康文玉在醉氧，说着说着就睡迷糊过去了，醒了再接着讲，迷迷瞪瞪地给女儿讲了许多有关唐古拉那座神山之上的朝圣者、游客与筑路人的故事。那片神奇的土地，那些雪山胜景，在女儿的心中成了一片美丽天国。短短数日，一篇篇关于西藏的奇幻神秘和深情的文章，在康蕾蕾那只唯一灵便的右手里一挥而就，发到博客网上后，引起了一片共鸣。

"蕾蕾真棒！"康文玉夸耀的笑声中，总有一种苦涩的沉重。

康文玉与妻子香莲是在山西应县木塔下长大的，"文革"期间，康文玉本是县城一中数一数二的高才生，1977 年入伍到铁道兵 7 师。"文革"结束后恢复高考第一年，他信心满满地准备参加考试，可惜时运不济，在考试那天，他居然得了急性肝炎，等出院时，震撼莘莘学子的高考已经落幕，他只能望着军校大门兴叹了。不取功名唯有成家了。1980 年第一次回山西应县探亲，别人给他介绍了当民办教师的康香莲，乘着自己还穿着军装，他们仅仅认识了七天，就把婚事定了，这纯粹是一场先结婚后恋爱的经典翻版，然后他带着新娘远去格尔木的青藏一期工地，播下爱情的果实，康家从此与昆仑山结下了不解之缘。

翌年女儿呱呱落地，取名康蕾蕾。女儿在一天天长大，活泼聪颖，人见人爱，上小学后，成绩一直名列年级第一。但是十岁那年的一天，起床上学的康蕾蕾突然一声惊叫："妈妈，我站不起来了！"那一声惊叫，将母亲的心叫碎了，也将一个小家的欢乐和温馨震裂了。

妻子盘了自己经营的两个服装门市，带着女儿到处看病，大同、太原、北京走了一圈又一圈，上海、广州跑了一趟又一趟，专家诊断是格林-巴利综合征，预言康蕾蕾可能要永远躺在床上。蕾蕾背弯了，身高永远在1.3米凝固了，从此辍学在家，只能跟着弟弟一楠学英语，后来读到高中的弟弟忙于高考，她就靠听广播学英语。

收获的季节姗姗来临。那年12月6日，康文玉刚从唐古拉山上下来，女儿突然说："爸爸，你回来就好，送我到太原城里考英语四级。"

"好啊！"康文玉从破旧的沙发上一跃而起，这是女儿第一次与在校的大学生一起考试，他抑制不住心中的激动，说，"我们坐什么车去？"

"当然是像春天郊游一样，用三轮车驮着我去。"女儿幸福地说，"可是一楠到北京念大学了，没有人蹬三轮。"

"爸爸就可以蹬三轮啊！"康文玉感慨地说，"不过，这回得坐出租车，到城里有十几里路，蹬三轮，去晚了会耽误考试。"

康蕾蕾兴奋地点了点头。长到二十二岁，有生以来第一次坐出租车，她能不高兴吗？

第二天早晨，天刚刚亮，位于城郊的街道行人稀少，冰雪将路面冻起了一层冰，晨光洒在路面，光亮光亮的。康文玉早早地起床了，站在凛冽晨风之中，等了很长时间，终于等到了一辆出租车。他将女儿从楼上背了下来，抱上轮椅，然后与妻子一起将轮椅推到马路边，再将蕾蕾抱进车中，把轮椅放在车的后备厢中。出租车穿过清风，从太原城的大街疾驰而过，第一场冬雪后的太原城清冷的街道开始在晨风中热闹起来，蜷曲在出租车后座上的康蕾蕾是一个好奇的女孩，俯瞰着车窗外边匆匆而过的人河，她突然有一种穿过命运隧道的感觉。

出租车司机听说这个残疾女青年只上过小学三年级，硬凭着顽强的意志，念完了大学英语的全部课程，今天要与在校大学生一起竞逐英语四级考试，心中顿生敬意。再一听说她是平生第一次坐出租车时，一种莫名的悲悯和酸楚油然而生。

出租车在考试的大礼堂前戛然停下，康文玉递过来车费。司机摆了摆手，说不用了，就当是为慈善事业献一次爱心。言毕，司机一步跨出车门，帮着抬轮椅。当看着康文玉推着女儿融入冬阳时，他突然在后边抛下了一句话："老哥，你养了一个好闺女。"

那天早晨，一个残疾姑娘，一个轮椅，后边伫立着身材单薄的老父亲，当他们一起走进偌大的英语四级考试教室时，七百多考生不禁肃然起敬，一个原本与他们并不站在同一条起跑线上的人，终于在同一条跑道上起跑了。

康蕾蕾不负厚爱，待第二年父亲上山前，她的英语四级考试成绩出来了，成绩合格，予以通过。

三上唐古拉了，康文玉那天出门前，女儿突然仰起头来说："爸爸，我也随你去格尔木。"

"蕾蕾，别说傻话。"康文玉摇了摇头说，"格尔木平均海拔将近3000米，你的身体适应不了。"

"不会的，我在妈妈肚子里踢打时，就适应那里了。"康蕾蕾幽默地说，"再则，我喜欢文学，如果能到青藏高原那块神奇厚土上，寻找到青藏铁路筑路人的素材和故事，对我一生的写作都会有影响。"

"不行，蕾蕾，听爸爸的话。"康文玉郑重其事地说，"趁早打消这个念头。"

康蕾蕾跟爸爸一起走的念头暂时打消了，但是那埋藏在心中的青藏情结却飞扬起来。

当温婉的春风刚将中国北方变绿时，康蕾蕾就与妈妈上路了，当年爸爸妈妈在青藏铁路一期从德令哈到格尔木的神奇土地上孕育了自己，而今天她要紧随爸爸的脚步而去，去探寻青藏铁路筑路人的辉煌步履。

于是，在西行的列车上，便出现了凄怆的一幕，一位青丝已染白霜的中年妇女，推着自己的女儿出太原城，转道西安，入兰州，然后一直往西，朝着城垣一样崛起的莽昆仑南方，朝青海境内的最后一座城市格尔木走去，去追寻一种青藏铁路人的博大和沉雄。

但是在唐古拉山极顶的康文玉并不知道妻子和女儿来了。

当山下的电话打到了唐古拉兵站时，指挥部通知康文玉，妻子康香莲携女千里寻夫到昆仑山下时，康文玉悚然一惊，自言自语道："我们这个丫头和孩子他娘，就是与众不同。"

一项目部经理得知此事，立即派车将康文玉送下山去。凝视着刚从唐岭下来的又黑又瘦的丈夫，康香莲哭了，康蕾蕾却与父亲喜极而泣。

"先住下吧！"康文玉拍了拍妻子和女儿的肩膀，"如果身体适应，就在昆仑山下住下。"

康文玉连忙张罗着找房子，向外包队的包工头租下了一间小平房，一个火炉子，一张大床，就将一对寻夫、寻父的母女安置在了昆仑山下。

"爸爸，这真是宗教圣地，太美了！天这样蓝，云那样低，简直就在梦中。"坐在轮椅上的康蕾蕾远眺着窗外的昆仑雪峰。蓝蓝的苍穹，低垂的白云，将她迷醉了，她开始构造自己梦幻的文学世界。

凝视着女儿清纯眸子泛起的感动，康文玉蓦然觉得，青藏高原的这片天空，这条铁路，与康家有一种难分难解的情缘血缘了。

然而，下山陪妻子女儿的时间毕竟很短暂。每两个月，康文玉才能到山下来一次，休息几天，住到妻子与女儿那间小平房里，那些日子他突然感到生命也安详起来了。太阳刚从昆仑山腹地跃了起来，挂在高高的杨树之上，他就推着女儿出门了。天上云卷云舒，朝阳如火，点燃了雪峰点燃了云团，在湛蓝色的天幕上时而如玫瑰喋血，时而似牡丹怒放，时而如枣红马奔驰，时而如金凤凰浴火。看天看云看山看戈壁，坐在轮椅上的女儿突然觉得戈壁小了，胸襟大了，昆仑矮了，女孩的心志高了。到了夜静的时候，一家三口人谁也睡不着，蕾蕾就缠着爸爸讲唐古拉山青藏铁路筑路人的故事和爸爸自己的故事。

有一次，康文玉讲到最惊心动魄的一幕。那是 2002 年 10 月的一天，当时便道的图纸刚到，测绘班长黄运河带着四个人到远离工地二十多公里的地方去测道，天早已经黑了，人仍未回来，康文玉叫上皮卡司机黄剑峰去接他们。只见五个人分在五个点上，正专注地测着便道的走向，半山坡尾随着五只狼，离他们只有十五六米远，他们却浑然不知。坐在皮卡上的康文玉和司机发现后，不敢告诉他们实情，怕引起惊惶，引来群狼攻击，便喊道："运河，快叫兄弟们上车。"

"康主任，我们就剩最后一点了，干完再走。"黄运河从夜幕中传来了回答，却不知危机四伏。

康文玉发火了："运河，少给我废话，快上车，明天再来，活儿有的是给你干的。"

黄运河带着兄弟们悻悻然上了车，嘴里仍然嘀咕着埋怨之词。

"剑峰，打开车灯！"康文玉吩咐道，"让运河他们瞧瞧！"

皮卡车发动了起来，远灯一射，半山坡的一群狼依稀可见，闪烁着绿眼。黄运河等五个人顿时吓出了一身冷汗，司机脚踩油门，绝尘而去。

康蕾蕾听到这一幕，眼睛里跳荡着一种奇谲的神色，这种儿时的天方夜谭，离父亲、离自己却是这样近。

过了几天，父亲要上唐古拉了。康蕾蕾艰难地站了起来，要送爸爸出门。

"蕾蕾留步！"康文玉关爱地叮嘱。

可是当妈妈起身送爸爸走出小院时，康蕾蕾还是站起来，艰难地挪了出去，十米，二十米，每迈一步，仿佛是一次生命灿烂的逾越。望着父亲的背影融进昆仑，融进了唐古拉，她觉得轮椅上的父爱重如昆仑，重如唐岭。

康蕾蕾十岁那年，格林-巴利综合征发作，麻痹到自己的肺部，躺在床上再也站不起来了，瘫软如泥，只有右手和头部可以动弹。康文玉不能接受这个残酷的现实，他觉得凭着父爱强大的力量，能让女儿站起来。于是，每天清晨6点，他便将女儿抱起来，把她的双腿分别捆绑在自己的腿上，自己迈一步，让女儿跟着自己朝前迈一步，日复一日，年复一年，风雨无阻，冰雪无阻，清风中永远只有这对父女在艰难地挪动。

有一天，女儿突然说："爸爸，我可以迈步了。"

那一刻女儿哭了，爸爸流泪了。

随后，康文玉朝着整个院子大喊，朝着自己家的门窗大喊："我女儿能走了！"

人们听到了一个大男人椎心泣血的哭声。

唐岭长夜中的平民英雄群雕

青藏铁路总指挥部要求中铁十七局于2003年夏季修通137公里的唐古拉越岭便道，可是春天过去了，便道仍然遥遥无期。紧邻十七局标段的十八局频频反映，便道不通，车进不去，影响了其施工进度。总指对十七局青藏铁路指挥部下了最后通牒，如果在8月底之前还修通不了便道，那就卷铺盖走人。

"这个老董啊!"十七局董事长对贻误战机的麾下战将多少有些失望,只有另择良将了。

"东明吗?"董事长拨通了十七局总工程师段东明的电话,他知道此时段东明正在乌韶岭隧道"救火",那里的施工也出了一些问题,但唐古拉越岭之战,非这位干将去不可了。

"是我,董事长。"段东明的声音已经从电话那头传来。

董事长不说唐古拉,却问乌韶岭:"东明,情况怎样?"

"董事长放心,施工都理顺了。"段东明在电话中兴奋地说,"施工进程和质量都赶上去了。"

"好!"董事长喟然叹道,"东明真是一个好救火队长啊,不过现在的燃眉之火可是烧在唐古拉啊。"

"唐古拉?"段东明在电话里惊讶问道,"董副总不是干得挺好的吗?"

"老董在唐古拉是吃了不少苦头,但干得并不漂亮!"董事长在电话中感叹道,"总指已经下了最后通牒,8月下旬唐古拉便道不开通,就撤队伍。"

"哦!"段东明此时才知道唐古拉形势不妙了。

"你马上过去组织'831'攻坚战,这是便道通车的最后时间节点。"董事长在电话中命令道,"我交代完工作就赶过去,这可是十七局的背水一战了。"

"董事长,你就在家坐镇指挥吧。"段东明深切地说,"唐古拉海拔太高,就交给我吧……"

"坐镇指挥!东明啊,我早已经坐卧不安了。"董事长显示了自己的决心,"你先去,我随后就去唐古拉坐镇督战。"

8月1日,段东明从乌韶岭回师兰州,坐上西去格尔木的列车,三上青藏,稍事习服后,便朝着唐古拉赶了过去。对于中铁十七局来说,绝地之战,仅剩下最后三十天了。他到工地转了一圈后回到唐古拉兵站的指挥部，发现问题颇多，局指在上承下达上考虑欠周，上与青藏总指沟通不够，下与项目经理部联系不畅，四十多公里的地段没有电话，全靠汽车两头跑，出了问题，对项目经理部斥责过多，竟然不知他们后勤补给不善，有时仅靠吃方便面度日，管理渠道也比较混乱。

弄清了便道剩余的工作量，段东明开始重排工期，他以8月31日为倒计时往前推，每天干什么、完成多少土石方量、桥涵建到什么程度，一切责任到人，谁完不成任务，就打谁的板子，确保便道按时竣工，确保十七局的信誉不再受损。

"先将铁路工程全面停下来，全力突击便道！"段东明到了唐古拉的第一个举措就是一切为便道让路，"再调八百人上山，充实力量，全线铺开抢一条路。"

力挽狂澜唐古拉。段东明上山数天之后，中铁十七局的便道施工终于进入了一个正常有序的轨道。

8月15日，十七局董事长上到了唐古拉兵站，坐镇指挥抢通便道。段东明看到董事长已经年逾五旬，住在海拔近5000米的唐古拉兵站，呼吸都很困难，便劝他下山："董事长，这里有我和局指的其他同志，你就下山吧。"

董事长摇了摇头，说："东明，哪天便道开通，我哪天下山。"

"唐古拉海拔太高了，你的身体……"段东明善意地劝道。

"没事的。我哪怕就是成天躺在唐古拉兵站里，也是对全线职工的一个鼓舞啊。"董事长苦涩一笑道，"何况，带着氧气瓶，我也可以上山啊。"

段东明说服不了董事长，只好与十七局局指的负责人各把一段，确保8月31日那天便道正式开通。

8月的唐古拉天空虽不时地飞过一群群灰头雁，却已经进入了一个多雪多雨的季节。一片云就是一场雨，一阵风掠过一场雪。

最悲壮的一幕是一处所在的唐岭上，那里海拔逾4950米，有一段三公里多长的便道。一天，下了好几场暴雨，推土机推来的泥土全部化作了泥浆，便道不能成型，只好又将其铲走，重新从十八局的石料场运来石头，用钢筋拢编成路基，将石头填进去，再覆盖上泥土，用压路机碾压。可是雨仍然在下，暴风雪也不时涌来，偶尔太阳也会从云缝中挤出来。情急之下，一处的项目经理部经理派人从安多县城买来了三万平方米的彩条布，一卷三十多米，铺开了连接在一起，足足有三公里多长，将垫上泥土的路基全都铺盖上彩条布，防止雨水往下渗透，等太阳出来的时候，就揭开彩条布，让太阳暴晒。有一天晚上 11 点多钟，突然狂风大作，电闪雷鸣，一道道曳着蓝色弧光的闪电，如金蛇狂舞般地撕开黑幕，飓风将小石头压着的彩条布吹了起来。眼看着费了一周心血重新碾压的便道路基又要泡汤，一处一百多名筑路人全都上去了，就连甘肃山丹招来的十名女民工，也跟着爬上了路基，从两百米远的地方搬石头压彩条布。天太黑，雨又大，温度已经骤然降至了零下，许多工人的衣服都给寒雨淋湿了，冻得瑟瑟发抖。项目经理一看抬石头的人群，天黑路滑，行动太慢，彩条布仍在暴风雨中飘荡，如注的雨水仍在往路基上渗透，连忙下令工人坐下，用身体压住彩条布，不让雨水下渗。

于是，黑夜中的唐岭之上出现惊心动魄的一幕，一百多名筑路工人，三十米一个，一路排开，如钟般坐立在彩条布覆盖的公路之上，用身子压住了彩条布，不让其随风飞扬。风雨中的唐古拉之上，风仍然在刮，雷仍在轰鸣，闪电白昼般地瞬间照亮莽原，雨水顺着人的衣领往身子里钻，但是没有一个人退缩，就连那十名普通的女民工，也背靠背地坐在彩条布上。一个百名普通人组成的英雄群雕震撼了山神。

这时，夜幕中突然有四五只狐狸和棕熊不紧不慢地溜了过来。也许人们太关注自己身下的彩条布了，没有一人注意到狐狸和棕熊就在身边巡弋，而唐古拉山上的精灵似乎也被人类这种罕有的壮举震慑了，不敢贸然侵入人类的领地，只有几双萤火虫一样的眼睛在悄然闪烁。

寒夜五更长，在唐古拉之上，每一分每一秒都是那样的漫长，一百多人一直枯坐到凌晨4点多钟，风停了，雨不下了，一项目部经理才唤人回撤。当时已经有不少人冻僵了，连站起来的力气都没有了，大家搀扶着，手挽着手，回忆刚才经历的一幕，禁不住热泪盈眶，相拥而泣。

雨过天晴，便道保住了。段东明看按时完成主体没有一点问题了，便对董事长说："董事长，我们该下山去向总指挥部汇报了。"

董事长点了点头，说："这项工作应该做，但时间是不是非得安排在现在？"

段东明看到董事长已经在唐古拉山蹲了十多天了，怕他的身体承受不了，有意让他下山舒缓几天，于是变着法动员他下山。

董事长被他说动了，于是一同驱车下到了格尔木，向青藏铁路公司党委书记兼指挥长卢春房汇报。当时对于十七局耽误便道施工的战机，下边曾经盛传有三条路可以选择，第一是撤队伍，第二是限制半年不许铁路投标，第三是换指挥长。董事长与段东明商量，准备了后两条作为接受惩罚的方案。

但是听说8月31日能够完成工程主体，9月6日保证铁道部领导的专车通过便道，仍然有着军人血性的卢春房对这支哀兵唐古拉之役的绝境逢生尤为满意，何况中铁十七局所在之处是世界海拔最高的地方，纵使躺在那里也是一种奉献啊。

青藏铁路总指挥越宽容，十七局董事长越觉得心里有愧，说："我们还是选择换指挥长这个最轻的处罚吧。"

"好啊！"卢春房宽宏大量地笑了，说，"我们尊重中铁十七局的意见，原本是准备打重板的，既然你们已经考虑提出了方案，我非常赞成。我们不发通报了，按你们的安排办。"

"谢谢！"十七局董事长紧紧地握住卢春房的手，说，"感谢卢总给了十七局最后的机会。"

"不！"卢春房摇了摇头说，"在最后的时刻，是你们十七局在唐古拉山上自己拯救了自己，也证明了自己。"

唐古拉之南"空降101"

卢春房在下一着险棋。

日子在一天天流逝，望着青藏铁路修通的时间即将过半，铺轨架桥的铁轨刚越过楚玛尔荒原，向着沱沱河挺进，他认为，等中铁一局铺架到了安多，再让中铁十一局的铺架队伍乘坐临管的列车上去，接着往拉萨方向铺架，为时已晚，2006年底基本铺通的计划就有点悬了。

那些日子住在昆仑山下，晚上总睡不着觉，躺在床上思考着第二天的工作，脑子飞速地旋转，偶然打开电视，尽是美军对伊拉克城郭的狂轰滥炸，硝烟滚滚，空降101师的作战场面铺天盖地，给了他很大的触动和震撼，指挥一条铁路的建设，如同指挥一场大战，善出险招者，方能出奇制胜。

一个大胆的计划在他脑子里孕育。按青藏铁路的施工流程图，安多铺架基地要等铁路铺过唐古拉后，才能将铺架大型设备运过去。现在能不能提前进入角色，在铁路列车尚未开通之时，用公路将中铁十一局和中铁一局一部投过去？这样中铁一局一部从安多往唐北方向铺架，与从昆仑山方向铺架过来的队伍会合，而中铁十一局则从安多往拉萨方向铺架，由中间朝着唐古拉山南北相向而进，就可以加快铺架步伐。

卢春房掂量已久，觉得这虽然是一步险棋，但胜算的概率很大。从2001年年底整合两支队伍，将青藏铁路公司党委书记、总经理和青藏铁路建设总指挥部指挥长的重任一肩挑之后，就像过去在每条线路上担任指挥长一样，他最看重的就是施工组织设计。上任伊始，他对青藏铁路的工期安排、投资安排、质量措施和技术方案花的心血最多，理得清清楚楚，而技术方案更是潜心研究，千里青藏铁路线，哪些是重点，哪些需控制，早已成竹在胸。在昆仑山、三叉河、清水河大桥、风火山隧道和长江源大桥等项目上，确定了三十二个重点，几乎每一次汇报，每一次到工地检查，他都要亲自过问进展和落实情况。而控制的重点则是工期，如今青藏铁路的路基工程已接近尾声，铺轨架桥成了重中之重，冻土地带有八十公里改变设计，以桥代路，这样就增加了八十公里的桥梁，若等通过铁道运上去，再进行铺架，架一百米的桥，等于铺三公里的轨道，一天架一百米，八十公里的桥，就等于要增加八百天的工期，而青藏铁路冬季又不能施工，对按时竣工无形中增加了巨大的压力。

启动安多铺架基地已刻不容缓，但是空降中铁十一局过去，就意味着要将架桥机和火车头大卸八块，从公路运输，翻越唐古拉山，风险系数很大。青藏公路的桥梁能不能承重，会不会因为超宽影响运输，这一系列的问题，卢春房事先都考虑过了。2003 年上半年，全国笼罩在一片非典的阴云之中，他的空降方案便开始酝酿了，让青藏铁路总指副指挥长那有玉和青藏铁路公司的张克敬进行调查，咨询西藏交通厅有关部门，拿到青藏公路每座桥涵的承重数据，同时，中铁一局和十一局的工程师也参与计算，很快算出了数据。

卢春房摇了摇头说："你们算的只能供参考，我要青藏公路建设管理局的数据。"

在等待的日子里，他叮嘱那有玉和张克敬："到西安、武汉和兰州咨询调研，大件运输的车体的重量、轮重、行走时速及承重，将这些综合的因素都考虑进去，计算道路和桥隧的承重量，看哪家运输公司能够做大件运输。"

在高效率的运作下，短短的时间里，所有的数据都出来了，青藏公路的桥涵可以承重超大件运输。

"好！"平时温文尔雅的卢春房抑制不住内心的激动，说，"我马上向铁道部领导报告。"

部领导听了卢春房的方案后，点头赞同。可是方案一出，当时在铁道部机关内的争论却很大，毕竟这在铁道建筑史上是前所未有的，担心自然也就多，铺架机可是几百吨重的庞然大物，再说让汽车背着火车头过唐古拉山，是不是风险太大了。建设司副司长张梅与卢春房共过事，了解他的性格和能力，便对机关有关部门说："别再讨论可行性了，卢春房干这个事比我们内行，他早就论证好了，万无一失。"

领导力排众议，迅速做出了战略性的决策，他将卢春房叫进自己的办公室，交代道："老卢，铺轨架桥，你是内行；运输，我是内行。我们两人分个工，我负责机车的拆装运，你负责铺架机的拆装运。至于机车的拆装运，我派一个人去，你管饭，经费就不要了。"

"谢谢！"卢春房心头一热，他知道领导是用另一种形式在鼓舞支持自己，他当然不能让领导操心了。

2004 年 3 月，内地早已寒山春暖，杜鹃啼血，而青藏高原上仍然千岭披雪，一片死寂。中铁一局已经将一个个机车头和铺架机从铺好的铁路上转运到了秀水河，在一片露天工地，大型龙门吊矗立在了千古莽原之上。

3 月 1 日，中铁一局铺架队队长王保卫和书记张树广带着队伍，上到了海拔 4580 米的秀水河工地，搭起帐篷，专门对总重 130 吨的东风四型机车头进行解体。

队伍刚在秀水河扎下营盘，卢春房就带着那有玉赶来了。他对那有玉说："你给我盯着，看着铺架机和机车解体，运过唐古拉，每个步骤都要考虑周全，绝不能出一点差错。"

"卢总放心！"那有玉点了点头，他知道卢总的领导风格，大事情上登高望远，可是到了抓落实时，又非常注重细节。

卢春房对那有玉的表态颇为满意，转身对中铁一局指挥长马新安、十一局三处项目经理李阳叮嘱道："架桥机分成几件解体，解体过后尤其要注意大臂弯曲变形问题。运输过程中，一定要及时给司机供氧，准备好干粮和水，行车的速度控制在一个小时十五公里，跑两天时间，第一天从秀水河到沱沱河，第二天从沱沱河到安多，选天气好的时候翻越唐古拉山。"

张树广带着人在秀水河解体第一辆机车。当时中铁一局有5台机车要解体后运至唐古拉，中铁十一局则有28个机头需要解体，他们要将列车机头大卸五块，分解成车体、柴油机、油箱等五个部分，即使这样，最重的车体仍然有78吨之重。他们蛰伏在秀水河的荒原上对一个庞然大物动刀，七级大风遮天蔽日，将楚玛尔平原吹得天昏地暗，张树广带着弟兄们早晨8点钟起来干活，中午吃过午饭后也不休息，北风掠过，吹在肌肤上如刀割一样疼痛，暮色时分，狂风才停歇下来，晚上回到帐篷里才吸点氧气，舒缓一天的疲惫。

在狂风中整整干了十天，10日那天装车成功，第一辆大型运输车将东风四型机车头正式运往了安多基地，一天两台机车，源源不断翻越唐古拉而去。3月18日，第一台机车在安多中铁十一局铺架基地安装试车成功。

从3月1日至6月15日，在100多天的时间里，全部机车头和铺架机解体运到了安多铺架基地，160节平板也都如数运到，真正做到了人不碰皮，车不碰漆。从2004年6月份起，中铁十一局向拉萨方向铺架，中铁一局则向唐古拉山北麓挺进，到了年底，安多向拉萨方向铺了200公里，向唐古拉方向铺了40多公里。

消息传到北京，铁道部领导对卢春房说："春房，干了一件非常漂亮的事情。"

然而，卢春房并没有沉醉在"空降101"的喜悦之中。青藏铁路的路基建设已近尾声，铺轨架桥已逾一半，此时他考虑最多的却是青藏铁路的运营问题。

浏览卢春房的人生阅历，乍一看，他给人的第一印象似乎是一个铁路建设专家，其实不然，在他的经历中，曾与铁路运营生产打了很长时间的交道。还在中铁十一局当副处长、处长时，他就管过宝鸡至中卫、京九线赣州至吉安等监管线上的运输生产，因此对运营一点也不外行。出任青藏铁路公司筹备组组长的第一天，有关运营的管理模式、机构设置、人员编制就一直在他脑海中酝酿。有很长一段时间，他吩咐西宁分局和青藏公司拿方案，但一次次研究下来，仍然没能离开传统路子，对青藏线高寒缺氧的特殊性认识不足，依旧是这个点设段，那个地方派人，车（车务）机（机车）工（工务）电（电话）车（车辆），五脏俱全，站上要盖很多房。翻阅这些运营方案，卢春房摇了摇头，将有关人员找来，给了他们一个原则，说："宁可在山下多盖房，不要在山上多设站；宁可在山下多住人，不要在山上放人；上边条件艰苦，不适合住人。"

方案出来后引起了一场轩然大波。一些生产单位考虑在沱沱河设行车公寓，卢春房坚持不干，说："宁愿挂着一个车厢，跟着车走，也不能将列车员中途放在沱沱河，那里海拔超过了4500米，已经是生命的禁区，车厢里有氧，这对人也是一种关怀与爱护。"

铁道部的一位机务老专家却认为生产单位的意见是合理的。

卢春房反问道："你到沱沱河住过吗？"

老专家摇了摇头说："没有。"

"好！你认为那里好，你去住几天试试。"素来与人为善的卢春房针锋相对，不是为自己的尊严面子，而是为了普通乘务员的生命健康。

第一个大的运营方案出来，张克敬拿着给卢春房汇报，卢春房首先问编制多少人。

张克敬说："按照铁一院设计编制九千人，我们根据卢总定下的原则，减到了五千人。"

"太多！"卢春房惊愕道，"这条线上，最多三千人。"

"还要压下去两千人？"张克敬愣怔了。

卢春房坚定地点了点头。

但是更令卢春房惊讶的是部领导开阔的思路。有一天，领导将卢春房叫进了自己的办公室，说："春房啊，青藏线的运营，我给你一个原则，用人要少，上边的房子要少，但是你们的设备要更先进，把盖房子的钱节省下来，用在搞先进无人看管的设备上去。"

　　卢春房听了后点头道："领导，我们也是按这个原则思考运营的。"

　　领导饶有兴趣，问："你在这条线上编制多少人？"

　　"青藏公司拿了一个方案，五千人，我想压到三千人。"卢春房答道。

　　"三千人？"领导摇了摇头，说，"太多了，四百五十人足矣！"

　　卢春房惊愕地说："拉萨是自治区首府，要多一些单位，考虑设客运段和机务段。"

　　领导笑了，说："春房，设那么多机构做什么，拉萨客运段和机务段统统压掉，由格尔木和西宁管过去。实行随乘制，列车员中途不再下车。"

　　随乘制，这在中外铁道运营史上还是第一次。

　　卢春房亲自主持研究，与北京交通大学联袂，搞出了一份《青藏铁路运营管理模式研究》，构思出了一套青藏铁路运营管理的新模式。

　　2005年1月初的一个傍晚，卢春房在青藏铁路驻北京办事处的办公室接受了我的又一次采访，向我描绘了青藏铁路运营的图景，他说："青藏铁路将来只在几个主要的站点上派人管理。一些小站安装世界最先进的控制仪器，采取远程监控无人管理，列车路过某些站点时，专门在站台上设有观景台，让游客拍照片，中途不下人，车厢里实行弥散式供氧，游客坐在车厢里，不会再有高原缺氧的恐惧和窒息感了。"

　　我被卢春房勾画的图景所陶醉，开玩笑地说："青藏铁路正式开通时，我能成为你们的第一批旅客吗？"

　　"欢迎啊！"卢春房笑着说，"你在为我们青藏铁路撰写一部皇皇大书，理所当然要成为我们的第一批客人。"

第六章　吉祥天路

这月去了，

下月来了；

等到吉祥白月的月初，

我们即可会面。

——六世达赖喇嘛仓央嘉措情歌

莽荡无语一金城

极目远方，旷野无边，雪风之中似有鬼魂在哭泣。万里羌塘无人区，横亘于前，青藏铁路项目设计总工程师李金城面临着最艰难的一仗。

2000 年 9 月 10 日，李金城组成一个突击队，自己亲任队长，穿越唐古拉越岭地段到土门无人区，完成定测。如果这四十公里的绝地定测和物理勘探不做完，就会影响下一步的图纸设计工作。

那些日子，他们住在唐古拉兵站，海拔接近 5000 米的地方。9 月 11 日早晨 6 点，匆匆吃过早餐之后，他们便开始登车而行，顶着唐古拉如瀑般狂舞的飞雪，朝着无人区走近，也朝着死亡地带一步步走近。汽车艰难行进到了中午 11 点，整整五个小时，才来到了步行出发点。

下车伊始，几辆小车纷纷陷进去了。李金城叫三桥车在那里相救，然后对由三队和物探组成的四十人的队伍说："我们要从这里测至土门的出口，眼前有四十公里的莽原，必须在一个白天和一个晚上定测通过。现在大家对表，我们就从北往南突击，三桥车和小车绕道在南口等我们。"

站在一片隆起的土丘上，李金城的前方是一片沼泽无人区，茫茫无际，车不通行，亘古以来就很少有人从上边蹚过。

勘测队的行李和帐篷原来驮在牦牛身上，可是牦牛不愿驮，乱颠乱跑地甩掉背上的行李，跑到河里打滚，将驮着的东西甩得满山遍野。

"我们背着徒步而行吧。"李金城望牛兴叹，"只有一个白天和一个晚上的时间穿越这四十公里，我们在土门公路入口处见。"

于是，一支孤旅朝岭南而行，每人负重十三四公斤，朝着无人区挺进，一个人一公里，在沼泽地上踩着草墩子跳跃而行，有点像青蛙的凌空一跃，稍微不慎踩塌了，就会沉入沼泽之中，若深陷其中，便有灭顶之虞。

李金城叫人打开卫星电话，仍然是一片盲区，如果出现意外，他们就会一筹莫展，呼天天不应叫地地不灵了。于是，他硬性规定，每个小组只选一段，距离不能太远，如果出现意外，也好相互照应。到了下午 5 点多钟才走到了测量点上，大家纵线排开，前边丈量，中间打桩，后边紧跟着查定组和抄平组。无人区雪风很大，一天四季，一会儿日出，一会儿暴雨如注，一会儿万里无云，一会儿狂雪连天，冰雹下来的时候，如玻璃珠一样大小，都能将头打肿。后来大家有了经验，一见冰雹如弹丸倾泻，便躬下身子，抱着头让其砸背上，就这样一步一步地往唐古拉以南的羌塘推进。

目睹此情此景，李金城吁嘻感叹，一个多月来，兰州分院十二队和三队就在一百三十七公里的望唐到安多的无人区里，历尽千辛万苦，与死神一次次擦肩而过。他清晰地记得，有一天物探队的经理梁颜忠率领三十八人在唐古拉越岭地带勘探，课题是进行地质和地球物理的大面积钻探，最深的钻孔有一公里，最浅的钻孔也在五十至二百米之间，用炸药激发地震波传导出来，掌握地震异常的状况。他们只带了一顶三四米长的小帐篷上来，到了天黑之时，他们才找到一块干燥的地方搭起了帐篷，一下子挤进了三十八个人，一个挤一个，侧身而卧，如插筷子一般紧巴。如果有谁起身上厕所了，再回去时，原来的位置就没有了，只好换着睡觉。那天晚上，既没有吃的，也没有取暖的设施，帐篷外边雨雪交加，棕垫积了水，他们只好铺上彩条布，睡在彩条布上，身下却是一汪汪的水。

最痛苦的莫过于吃饭。开始几天，他们带着方便面和压缩饼干进入无人区，水烧到 60℃ 就开了，泡方便面时，外边已经好了，面心却是硬的，再泡一会儿，面心仍未泡开，面汤却已经结冰了。凑合吃一天两天还可以，可是到了第四天的时候，大家见了方便面就想呕吐，吃饭成了无人区里最难受的事情。直到有一天把高压锅带上来了，将面条与罐头混在一起煮，竟然有过年一样的感觉。

而拉通越岭地带的四十公里，是李金城率队必须打的一场硬仗。

一场暴雨过后，天放晴了，突击队乘亮往前推进，颇为顺利，可是到了晚上八九点钟，天渐渐黑下来了，乌云压得很低，几簇秋夜的寒星似乎伸手可摘。风中传来了一阵阵苍狼的狂嗥，棕熊也一步一步地向他们靠近。夜的荒原上伸手不见五指，唯见苍狼的眼睛闪着绿光。装有五节电池的手电筒射光在测量仪的棱镜上，如故乡秋夜的萤火虫，时隐时现。前半夜许多电筒只亮了三个小时就没有电了。平时的通视距离是五百米，可是在越岭地带的夜幕中，两百米打一个点，棱镜靠光束连通抄平，不发射的时候就停下来，前点的手电给镜子一个信号。天又下着雨，只能通过步话机联系。四周一片黝黑，满山遍野就几只手电在晃动，最后没有电池了，只剩下李金城的手电还有电，他便持着电筒前后跑，跑着跑着他的手电也没有电了。负责警卫的铁一院公安段的警官蔡建武鸣枪喊大家聚集在一起，鸣了两次枪，十六个人才聚集在一起。也许因为体力消耗太大，也许是因为没有带上足够的药物，跑着跑着，李金城突然瘫软在枯黄的草地上了。

"李总，你怎么了？"梁颜忠扑了过来。

李金城此时气喘吁吁，说："我的缺钾症老毛病又犯了。"

"药呢？药放在什么地方？"梁颜忠与三队队长一齐围了上来。

李金城长叹一声，说："也许是羌塘亡我呀，早晨我从唐古拉出来的时候，好像记得带了钾片的，可是现在却没有了，不知是丢了，还是我真的忘了带了。"

"李总放心，有我们在就有你在。我们轮流背你出去。"梁颜忠说道。

"老梁，你最重要的是照顾好自己！"李金城知道梁颜忠进了无人区后血压已飙升到了180/140，二十天吃了一百多片去痛药，比自己的状态并不好多少。他摇了摇头，说："我一百六七十斤的，谁能背得动啊，还是扶着我走吧。"

蔡建武过来了，说："李总，我来扶你！"

可是刚走几步，李金城便浑身发软了，走几步一个跟头，却仍然边干边摔跟头，边摔边往前走。到了第二天凌晨3点多钟，终于走到一个人去房空的藏包跟前，他一步也迈不动了，对大伙说："我不能拖累大家了，建武，你们先出去吧，留一支枪给我，以防苍狼，你们找到出口再来接我。"

"不！我们绝不能扔下你！"蔡建武摇头说，"所有的人都投了反对票，说要死就大家死在一起，我们绝不能扔下李总不管。"

吉祥天路：见证青藏铁路修筑奇迹

青藏铁路项目设计总工程师李金城

躺在藏包旁的李金城被扶了起来，却一步也迈不动了，刚走两步便哗地瘫软在地上，他挥了挥手说："我不能连累大家，我就躺在这里，你们找到出口后，再来接我，这是命令。"

梁颜忠摇了摇头，说："在这个事情上，你得听大家的，我们不能扔下你。莽苍羌塘，方圆几百里无人烟，扔下就是死亡。"

"你们过来！"梁颜忠叫过两个体壮个高的职工，命令道，"就是拖也要将李总拖出无人区。"

两个职工连拉带拽，把他扶了出来，走到一处藏民放牧遗落的围栏前，找来牛粪生火取暖，这时天已经麻麻亮了。躺在荒草上的李金城问："还有多少公里没有贯通？"

"还有七公里。"梁颜忠说。

李金城沉思片刻说："如果出去找出口，再返回来，又是将近十四公里。杨红卫，你带着六个人打通最后七公里，把这段任务完成。"

在场的人纷纷将干粮和食物给了杨红卫等七人。

天一亮，杨红卫一行便出发了，找到了间断点，将最后七公里贯通时，却已是傍晚了。

公安段长一大早就带车停在土门公路的路口等待了，原定是早晨会合的，离约定的时间早已经过了好几个小时，远望着雨中的莽苍，始终不见一个人影，他忧心如焚地伫立在荒原上眺望，冥冥之中，预感到是出什么事情了。公安段长当机立断，派两个人离开汽车，爬到东西两侧的山峦，隔半个小时鸣一次枪，以枪声召唤李金城他们回来。

李金城他们在无人区里整整干了三十个小时，终于将四十公里的地段全部测通了。弟兄们搀扶着李金城，像一群从战场上归来的勇士一样，朝着约定的地点趔趄而行。这时已经是第二天晚上七八点钟了。

"李总，汽车，我看到汽车了！"走在前边的蔡建武激动地喊道。

九死一生的人们都朝前方看去，只见雨幕中一排汽车停在了暮霭之中。所有的人都哭了。

"我们得救了！"李金城蓦然回首，突然发现这片隆起的山丘就像一个巨大的坟墓，只是他们幸运地又逃过了一劫。

风火山上一壮士

深圳电视台拍摄纪念改革开放三十年的纪录片时，其中一集取名为《2006年，有一个车站叫唐古拉》。他们让我推荐一名筑路工人代表，在驶向拉萨的列车上，与我一起谈筑路者的往事，我第一个想到的人便是罗宗帆——风火山出口施工队副队长。

2002年初，中铁二十局的隧道出口施工队副队长已经换了好几个，却一直未寻找到理想的人选，况成明有点怅然。

那天，局指副指挥长兼总工任少强对况成明说："况指挥，我给你推荐一个人选。"

"是谁？"况成明已经让任少强接过风火山出口施工队队长的职务，选副手当然要尊重任总的意见。

任少强说："罗宗帆，你认识的，过去都是47团的老兵。"

况成明在搜索记忆后说："想起来了，是1981年入伍的那批四川兵，当年他们入伍到关角隧道时，已经贯通了。"

任少强说："对啊，可惜那个年代我还在读书呢，自然没有这种幸运了。"

况成明说："在我的印象中，罗宗帆是搞机械出身的，对架桥很在行，打隧道恐怕并非他所长吧？"

"一点问题都没有，他曾经在好几个项目上给我做过副手，如今是西安绕城高速公路项目部的副经理，打隧道、架桥都是一把好手。"任少强掩饰不住对罗宗帆的欣赏。

况成明点了点头："既然任总如此看重，我没有意见。你是风火山出口的施工队队长，副队长的人选，你说了算。"

"好！就这么说定了。"

2月4日，罗宗帆正在西安绕城公路项目部主管浐河特大桥的调装，兜中的手机突然响了，是任少强打过来的，说："宗帆，风火山隧道，你上不上？"

罗宗帆打了一个激灵，一点犹豫都没有，立即答道："上！"

罗宗帆早已对青藏铁路项目心驰神往，那天从架桥工地上走下来时，步履迈得好大，恨不得一步跨越昆仑，跨上风火山。原以为青藏铁路之梦离自己越来越遥远了，却想不到突然变得这么近。十六岁当兵时，他去的就是青藏铁路第一期，成了主攻关角隧道的铁10师47团的一个兵，可惜当时关角隧道已经全线贯通，他因长相腼腆，岁数又小，说话时羞涩一笑像个姑娘，被连长选去当了通信员，从老连长的口中他听说了许多关于关角隧道的传奇。自从1984年离开关角下山之后，他人虽然不在高原，却总是冰雪千重昆仑入梦，挥之不去的青藏情结折磨了他好多年。

匆匆收拾一下东西，他就赶回咸阳，与妻子雷惠芳和两岁的女儿告别。妻子一听他要去青藏铁路，挡着不让走，说大小子刚去世不久，小女儿才两岁，青藏咸阳隔着千山万水，此去经年何时才能归啊。

罗宗帆给妻子做了一个晚上工作，筑路人的妻子从来都是深明大义的，晚上抹着泪不让丈夫走，但是到了第二天别离时，却也不拖后腿。

2月24日，罗宗帆从咸阳启程，直奔格尔木。坐着列车驶过关角隧道时，恰好是傍晚时分，他倚在窗前，感慨万千，关角两边的山峦被缓缓驶过的列车抛在身后，斜阳温暖冷山，英魂之火不灭，他默默地举起手来，向这片冻土上埋葬的忠魂，行了一个军礼。26日，抵达昆仑山下的指挥部后，习服了三天，他便搭车上了工地。风火山迎接他的是一场狂雪飞舞的苍茫，凛冽的寒风卷着雪花直往衣服里钻，罗宗帆从队部往坑道口上坡走了十多米，脚便飘起来了，身体也虚空了。这时的风火山第一高隧，进口只掘进了一百米，出口才掘了八十米，直觉告诉他，风火山之战，将是他人生中最难的一场生命之战。

任命很快下来了，罗宗帆为出口施工队的副队长，队长则为指挥部副指挥兼总工任少强，但是一线具体施工组织，非罗宗帆莫属。整整一周时间，罗宗帆一句话也没有说，就在风火山工地转来转去，别人跟他说话，他只是羞涩地一笑，本来就黧黑的皮肤，俨然一个藏族同胞，只是那英俊的脸庞强烈地显出巴蜀之地的印痕，使人顿生怀疑，这个一脸恬静的男人能否拿得下风火山工程。罗宗帆毫不理会背后投来的怀疑目光，奔突在血脉之中的大巴山人的坚韧和淳厚，足以让他在风火山上横刀立马。或许因为自己也是农家出身，走进民工的帐舍时，他突然有了一种亲近感，队里四百多号人，除了三十多名正式的干部和职工外，其余都是民工，蓦然之间，他觉得这群纯朴的西部汉子是最可依靠的兄弟。

一周时间刚过，罗宗帆就出手了。他将铺盖行李一卷，从队部搬到了出口的工地值班室。工程部长和总工不解，说："罗队长，队部的条件好一些啊，你不必搬到值班室去。何况队部离工地只有十几米。"

罗宗帆摇了摇头说："我必须住到洞口去。再说这十几米的坡度，爬得气喘吁吁的，半天缓不过劲来，我得将体力留到隧道里用。"

住到风火山洞口督战的罗宗帆出手不凡。任少强来了，听过他的汇报后，颇为满意地说："我相信你会不负众望，只忠告你一句话，要注意安全、质量、后勤和民工的吃住。"

罗宗帆点头道："任总放心，我不会让局指领导失望的。"

整整准备了一个月，4月份，冰雪尚未化尽，罗宗帆就甩开膀子大干了。这时进口的施工队队长任文侠向出口施工队下了挑战书，看谁的进度快，谁最先完成任务。

罗宗帆淡然一笑，不想回应，觉得现在说什么都为时过早，结果才是最重要的。

任少强说："你写应战书，有来无往非礼也。"

罗宗帆说："写就写，我保证出口队能笑到最后，笑得最好。"

"好！就要你这句话。"任少强紧紧地握着罗宗帆的手，似将风火山一样的重担压在了他的肩上。

罗宗帆果然不负众望，过去架桥是他的长项，隧道干得很少，他就一天二十四小时盯在工地，每天至多睡四个小时，打风钻、装药、放炮，他都亲自过目，一排山炮放过，排完烟尘后，他便第一个排险，然后施工队进去，最紧张的时候，三天三夜不睡觉。果然，隧道队进、出口劳动竞赛，罗宗帆的出口队得了第一名。

况成明拿着红包来到了风火山隧道出口，对罗宗帆说："你干得不错，我要重奖你和你的队员。"

　　随后，出口队的每个干部职工第一次得到了两三千元的奖金。

　　可是罗宗帆心里却掠过一丝不安，他觉得在第一线的民工才是风火山真正的脊梁，他要尽自己所能，给民工以极大的关爱，将浓烈的中国农民情结施惠在他们身上。

　　一天下午，风火山垭口北方踉跄走来两个青海土族汉子，衣衫褴褛，蓬头垢面，走到风火山隧道的出口队时，已经两天没有吃饭了，坐下去就爬不起来了，身边围了一群民工。罗宗帆闻讯从值班室走了出来，拨开人群，走到跟前，问道："你们从哪里来的？"

　　"青海互助县！"两个人仰首看了看站在他们跟前的一个皮肤黝黑的南方汉子，倏地觉得希望降临了。

　　"叫什么名字？"

　　"马进元！"

　　"张海涛！"

　　罗宗帆点点头，扭头吩咐，马上让炊事班做饭，先让两位老乡吃饭。

　　马进元仰起头来说："领导，一顿饭只能解决一时的温饱，还是给我们一个活儿干吧，一家人的嘴都扛在我们肩上了。你是好人，我们沿途找了好些单位，没有人理我们。"

　　"先安排吃饭！不要吃得太饱。"罗宗帆对队里的工作人员说，"让杜医生和何护士来看看，检查一下身体看有什么问题没有。"

　　"谢谢！我们真的遇上活菩萨了。"张海涛喃喃说道。

　　"先别谢，吃过饭后到帐篷里躺一会儿，好好休息。"罗宗帆安慰道，"今天晚上别找我，我在洞里边忙得很，你们明天上午再来。"

　　罗宗帆善待的是两个素昧平生的人，却温暖了站在旁边的一群民工。

　　第二天上午，马进元和张海涛真的找来了，见了罗宗帆便深深地鞠了一躬，说："罗队长，谢谢你的救命之恩，请收下我们兄弟两个吧。我们会卖命干的。"

"我相信！"罗宗帆二话不说，接过他们的身份证看了看，做了详尽的登记，便安排两个人到了搅拌站。他要考验他俩一段时间，确定两人仅是为打工而来时，再让他们进洞作业。

罗宗帆的义举，让风火山出口施工队的三百多个民工感叹说："跟罗队长干，纵使拼上一条命也无怨无悔。"

离风火山隧道全线贯通的日子越来越近了。8月14日那天凌晨1点多钟，一块危石从空中坠落，砸在了小松牌挖掘机的油管上，掘进工程顿时停顿下来了，掘进班找到了罗宗帆，寻遍风火山，却没有找到一个油管配件，罗宗帆只好赶紧跑到局指，敲开了任少强总工的门。任总想了片刻，说离指挥部三十公里的五道梁302石场有一台小松牌挖掘机，现在唯一的办法就是拆那台机器上的油管来临时替代。罗宗帆驾着沙漠王皮卡就要往那里奔驰而去，任总说，深更半夜的，我跟你去。这时一直待在风火山拍摄《东方时空》的记者也自告奋勇，紧随着他们一起往五道梁方向疾驶而去。他们从沙石堆里冲了过去，找到了采石场的李场长。那时已是凌晨2点多钟了，野外的气温骤降至零下十多度，罗宗帆二话不说，钻到了覆带底下开始拆油管，天寒地冻，呼啸的寒风从荒原上掠过，一会儿手便冻僵了，但是如果油管卸不下来，风火山隧道按时贯通的时间节点就会受到影响。罗宗帆躺在冰冷的冻土上，整整干了两个半小时，才将油管拆了下来，返回二十局指挥部时，已经是早晨5点多钟。罗宗帆对任少强说："你们回屋休息吧，我把油管装上，就可以接着挖掘了。"

任少强说："宗帆你辛苦一夜了，我陪着你，看着你装上，挖掘机轰鸣声响了，我也就放心了。"

早晨7点半钟，终于将挖掘机修好了。刚出了两个小时的碴，发电机又突然坏了，洞里全黑了，挖掘机又停了下来。罗宗帆此时刚躺下，一听

羞涩的勇士罗宗帆

说洞里停电了，一跃而起，又将另一台发电机拆了，等安装好最后一个零件，隧道重新灯火辉煌时，他连拿扳手的力气都没有了。

《东方时空》的记者拍下了罗宗帆在风火山和楚玛尔平原上的一个不眠之夜。

2002年10月19日，世界第一高隧风火山隧道的进出口贯通只剩最后七米，就差最后一炮了。领导欲将这最后的辉煌任务留给进口队，可是时运不济，他们的钻杆只有四米五，一炮并不能炸通。

"天助我也！"罗宗帆出口队的钻杆是五米五，他挥手道，"把钻杆加长到六米。"

最终，罗宗帆点了最后一炮，只听轰的一声巨响，震荡了亘古的莽原，长度 1338 米、轨道水平海拔 4905 米的风火山隧道全线贯通了。

那天晚上，况成明专门摆了酒宴，犒劳风火山的英雄。他举着酒杯，来到罗宗帆跟前时说："宗帆，人都说你说话像大姑娘，我却认为你才是风火山上真正的勇士。"

罗宗帆并非只会架桥掘隧的一介武夫，他的内心也有无尽的浪漫。也许因为家在咸阳，隔着千山万重，他最喜欢远眺风火山的落日，红红的，悬在天穹之上，像小时候家乡那盏菜籽油灯，吐着粉红色的火苗，萦绕在遥远的地平线上，又像远方故乡村子里飘来的炊烟，勾起孤身在风火山的他无限的乡愁。因此，休息时，他尤其喜欢晚上 8 点钟之后，独自一人爬到风火山出口的隧道上方看落日，仿佛那血色天幕的地平线有诗情画意般的乡愁和思念。那一刻他坐在山坡上，躺在落日斜阳的雪野里，什么也不想，只想让自己的心情在一种不急不慢走来的辉煌中融化，落日光环下仿佛是妻子和两岁的女儿在倚门等着他归去。

那个血色黄昏，余晖未曾退尽，穿着红色羽绒服坐在洪荒里遥望夕阳的罗宗帆被天幕上的彩云晚霞迷眩。忽然，一阵苍狼的长嗥，将他从沉醉中惊醒，他的视线从斜阳落到了半山坡上，只见五只狼渐渐朝他靠近，相距不到四十米。他顿时惊出一身冷汗，跃然而起，朝着山下就跑，五只狼穷追不舍，离他已不到二十米。值班室的调度恰好出门看到了，惊呼："不好了，罗队长被狼围住了。"

话音刚落，在帐篷里休息的四十位民工全部出来了，手握着铁锹，朝着罗宗帆跑的方向迎了上去，要为自己的队长堵起一道铁墙，严防豺狼的袭击。这时罗宗帆已经被苍狼追至一个深坑里边，如果不是民工及时赶到，拿着锹撵走了野狼，那天晚上，罗宗帆便会凶多吉少。

"谢谢！"罗宗帆抱拳鞠躬向民工们致谢，"救命之恩当没齿难忘。"

"不用谢，罗队长，应该表示感谢的是我们！"马进元、张海涛也在其中，说，"是你不嫌弃少数民族，给了我们挣钱致富的机会啊。"

此时，罗宗帆感到自己的真心付出，得到了民工兄弟的真情回报。

2002 年 11 月 1 日，风火山的民工全部下山回家冬休了，罗宗帆一时走不开，一直在风火山待到月底才匆匆下到了格尔木。刚走进中铁二十局青藏铁路指挥部的院子，马进元和张海涛就扑过来，抱着他的腿哭。罗宗帆悚然一惊，问道："进元、海涛兄弟，为何而哭？是谁欺负你们了？是不是没有拿到钱？"

"拿到了，拿到了。"两人抹去欢喜的泪水说，"将近两万元的收入，这是我们这辈子挣得最多的，孩子念书的钱全有了。"

"那为何而哭？"罗宗帆不解地问道。

"我们高兴啊！一直在山下等着恩人啊。"两位纯朴的土族汉子说，"等了二十多天，终于将罗队长等到了。"

罗宗帆的眼泪唰地流出来了，说："兄弟，等我干啥，你们两个应该快回去看家人啊。"

"我们只想表示一点心意。"马进元、王海涛将两袋水果和一袋散装的水果糖递了过来。

罗宗帆大为感动，说："带回去给你们的孩子吃吧。"

"罗队长，你若不收下，我们就不走。"两位土族汉子执拗地说。

"好，好！"罗宗帆真挚地回答，"你们等我二十几天的情谊，我收下，这水果，我就拿一个，剩余的你们带回家里去。"

两个汉子点头同意了，最后怯生生地说："罗队长，能不能将你家的电话号码留给我们？"

罗宗帆很干脆地说："没问题，我现在就留给你们。"

与土族兄弟依依作别后，他让司机驾着皮卡将他们俩送到了格尔木火车站，列车缓缓开动之时，罗宗帆抛给土族兄弟最后一句话："将来有工程，我们再上青藏高原。"

人类奇迹，吉祥天路零死亡

2004 年的一天，黄昏将逝，青海长云被燃烧成一片赤烈的海。吴天一喜欢这晚霞消失前的壮烈，更喜欢万家灯火点亮前的苍茫暮色。

温馨时刻不应该独享，他踅回书房，显得有点急不可耐，打开电脑页面，用流利的英语娴熟地敲下了一行字：致美国加州大学圣地亚哥医学院约翰·威斯特教授。刚才伫立在阳台上远眺黄昏，一篇关于青藏铁路高原病零死亡纪录的医学论文已酝酿成熟，他要给坐世界高原病学第一把交椅的约翰·威斯特教授写信，将这篇论文推荐给他，告诉他，世界高原病学最大的宝库在青藏高原，告诉世界，中国人在青藏铁路创造了一个人类奇迹——高原病死亡零纪录。

借着这个奇迹，他觉得第六届国际高原医学大会主办权应该属于中国，应该在中国的青海和西藏两地召开。

他要用这篇论文说服约翰·威斯特教授，还有本届年会的主席，曾经攀登过珠穆朗玛峰的美国科罗拉多州的著名高原病专家皮特·哈卡特教授等世界同行。

迄今为止，国际高原医学大会已召开五届了。

第一届，1994 年在南美波尼维亚的拉巴斯召开，那里海拔为 3600—4200 米。可是站在世界屋脊上的中国人缺席。

第二届，1996 年在南美秘鲁的古城库斯特召开，海拔仍然没有逾越人类生存的禁区。有着五百多万人口生存在高海拔低纬度的青藏高原的中国人仍然缺席。

第三届，1998 年在日本长野的松本县举行，只有一个中国人与会，就是吴天一。在中国提交大会的两篇学术论文中，其中一篇的作者就是吴天一教授，他第一个发言，讲的是藏民族在青藏高原的适应性，优胜劣汰的结果使他们成了最适应高原生存的一个族群，与汉族相对照，他们的细胞携氧量是世界上最好的，那就是一个生物学的模型。这在大会上引起了极大轰动，中国的留学生听后很激动，认为吴教授为中国人在世界高原医学会上赢得了一席之地。

第四届，2000 年在南美智利的海滨城市阿来卡举行，原因在于它紧邻智利海拔较高的矿区。

第五届，2002 年在西班牙的巴塞罗那举行，就因为沾了阿尔卑斯山的光。

风水轮流转，这回该轮到中国了。吴天一教授手里有充足的理由佐证，高原病的喜马拉雅在中国。全世界生活在海拔 3000 米以上的人群中，患慢性高山病、高原心脏病、高原红细胞增多、眼睛充血的有 4%，在中国仅汉族患这些病的就有 25 万人之多。而在青藏铁路上，却创造了一个历史性的神话，高原病死亡零纪录，这是最能体现中国政府的人文关怀和人道主义精神的。

每一届国际高原医学大会开幕前夕，都会专门邀请嘉宾撰写有分量的学术论文。今年，约翰·威斯特教授特意发邮件给吴天一，请他撰写学术文章。

就以青藏铁路高原病零死亡作为选题，吴天一在转瞬之间便将论文的方向确定下来了。青藏铁路开工前夕，铁道部副部长亲自造访，青藏铁路总指党委书记、总指挥卢春房也经常来看望，而青藏铁路指挥部的医院院长段晋庆以及他们的指挥长，凡出差路过西宁，总不时地前来拜访，向吴天一请教，甚至就连那些患了高原病、下山回到内地的普通工人，也不时打电话到他家咨询治疗方案。吴天一义不容辞地当上了青藏铁路高原病的医学顾问，在青藏铁路的卫生保障、高原病预防和治疗方面提供了许多非常有价值的建议和意见，为青藏铁路高原病死亡零纪录立下了大功。

吴天一提交给国际高原医学大会的论文，题目定为《急性缺氧对人体的损坏》。他简要地描述了世界屋脊的环境地貌和生态状态，阐释了缺氧对人的影响，引证青藏铁路自 2001 年 6 月 29 日开工以来，三年之间，在1100 多公里的铁路沿线，从昆仑山至唐古拉山上，海拔 4000 米以上的生命禁区占全线 80%，有 10 万人次在上边施工，因为卫生保障措施得当，三级医疗体系健全，抢救设备都是针对高原病采购的世界一流先进医疗设备，虽然屡有高原病发生，却无一人死亡，堪称中国人创造的一大人类奇迹。

写到这里，吴教授也不禁喟然感叹，英文写就的医学论文是不允许有感情色彩的，但是目光一投向青藏铁路，那些默默战斗在高原一线的普通医务工作者的形象，便在他的脑际浮现，尽管从年龄上他们是晚辈，却是自己的莫逆之交，段晋庆、丁太环、刘京亮、董维亚、徐英等一批年轻医院院长和医护人员，在他的心中都是英雄的白衣天使。

在吴天一教授心中，印象最深的人要数中铁三局青藏铁路指挥部工地医院的院长段晋庆了，一个受过很好的医学专业训练和学历教育的年轻人，很有高原病的专业眼光。中铁三局医院是青藏铁路第一家装备了高压氧舱的医院，也是一千多公里青藏铁路沿线的第一个三级医疗点，能在两个多小时内，将肺水肿、脑水肿病人从海拔 4000 多米的地方降至海平面上，可谓抢救高原病的诺亚方舟。青藏铁路的零死亡纪录的创造，除他们各个医疗点按时巡诊、及时发现病人、下送之外，高压氧舱的全线装备，则是立了头功。

从与段晋庆的交谈中，吴天一院士早已耳闻，段晋庆的夫人是太原理工大学的研究生，跨洋过海，拿到了澳大利亚悉尼大学和新南威尔士大学的双份奖学金，早已经为丈夫到海外求学和镀金安排好了广阔灿烂的前景。当领导让段晋庆上青藏高原沱沱河的工地医院当院长时，他的女儿正在中考，可是他没有摆一点个人的困难，毅然上高原来，发挥自己的专业学术水平，很快将一个普通的指挥部医院建设成了三级医疗点，并成了中央首长和铁道部领导上青藏线视察时特派的保健医生。2002 年的冬休，他带着女儿到澳洲住了三个多月，一家三口在海外其乐融融，大多数人都预言段晋庆不会回来了，但是春天将至的时候，他还是毅然归国了，他是一个有责任感的男人，他不能放着沱沱河的几千个弟兄不管。离开悉尼国际机场的时候，段晋庆一直与妻子说话，企图分散她的注意力，可是妻子就

段晋庆（右）与作者在高压氧舱里交谈

在他进港隔离的一瞬间，泪流满面。他在沱沱河待了三年，救过高原病患者无数，完全有资格在世界高原病学的讲坛发言。

还有那个再普通不过，被人家称为老大姐的女护士丁太环，一个建设初期上去时与男同胞们住一个帐篷的白衣天使，她在为工友治病的同时，就想圆一个梦想，上青藏铁路几年，为即将上大学的女儿挣一笔学费。普通得不能再普通，正是他们撑起了青藏铁路医疗保障的这片天空。

吴天一的键盘敲过，留下一段历史，一个奇迹的浓缩。

在论文的后边，他谈及了藏医藏药对于高原病的防治，谈到了青藏高原的生物链条，牦牛、藏羚羊、高原鼠兔等，随着青藏高原的隆起，它们就开始适应了，其历史与藏民族的生存生活一样悠久。

子夜时分，吴天一教授敲下最后一行英语字母时，难以抑制内心的激动。邮件很快发到大洋彼岸，约翰·威斯特教授看完论文，受到了强烈的冲击，他马上给吴天一教授回邮说，太棒了，这是中国的奇迹，更是人类铁路史上的奇迹。随后，他立即写了一个编者按和论文提要，"格尔木—拉萨铁路建设对高原医学的巨大挑战"，提要称：吴教授提出的青藏铁路这么高的海拔、路段，在世界铁路建设史上实属罕见，这样的环境，有三分之二的里程在海拔4000米之上，工人缺氧的问题如何解决，另外火车运行中的缺氧问题、建站以后如何管理，中国人做出了有益的探索，是近年来高原医学领域的一个重大突破。

吴天一的论文和约翰·威斯特教授的提要一经发表，中国在建设青藏铁路时高原病零死亡的纪录，在国际上引起了一片轰动。世界各地网站纷纷下载，点击率非常高，全球的高原病学专家纷纷向世界高原病学学会发函，说这是千载难逢的机会，国际高原医学大会决不能与中国的青藏铁路失之交臂，他们一致同意，第六届国际高原医学大会在中国召开，重点就介绍中国筑路工人在世界屋脊上的卫生保障和高原病的预防及治疗。他们唯一的要求是，要看实际的，要到青藏铁路的现场看看。这下子让吴天一教授为难了，青藏铁路工程毕竟涉及国家的经济、政治、军事、战略，不是随便能让外国人进入的。

带着这种疑虑，吴天一教授给铁道部领导打了电话，陈述了情况。

"让他们看！这是向世界展示中国的最好机会！"铁道部领导一锤定音，说，"没有什么不可以看的，青藏铁路当雄路段可以向外国人开放。"

但这毕竟涉及一百多名外国人，铁道部也不能全说了算，吴天一教授怀着忐忑不安的心情等着外交部的批件。不日，外交部的批件很快到了，说这是宣传青藏铁路卫生保障的绝好机会，也是向世界展示中国人道主义和人文关怀的一个窗口。

吴天一激动不已，由衷感受到了融入世界潮流的中国的从容和自信。

2004年8月12日至19日，第六届国际高原医学大会在中国青海、西藏两省区召开。会议分成两截，前四天在青海西宁，后四天在西藏拉萨。全世界21个国家和地区的136名高原病学专家与会，中国这次派出了强大的阵容，有200名代表参加，提交了258篇学术论文，占会议论文总数的72%。美国科罗拉多州高原研究所著名高原病学家、世界上四名攀登过喜马拉雅山的医生之一皮特·哈卡特任大会主席，吴天一与约翰·威斯特为大会主持人。

第一天的主持人与执行人是吴天一，重头戏是高原病在中国的报告。第二天下午是专题会，由约翰·威斯特教授主持，内容是青藏铁路的环境和卫生保障，由中铁二十局医院介绍风火山卫生保障的奇迹，谈及二十局医院在海拔4905米的风火山隧道施工中，怎么认识和解决缺氧的最大难题，最主要的办法就是与北京科技大学合作，研制了大型高原制氧站，将氧气管引入隧道，在掌子面上弥散式供氧，下边则设有氧吧车，施工的工人随时可以吸氧，有效地预防了高原病的发生。

接下来是铁道部劳卫司做了全面介绍，一系列的劳动卫生保障措施非常到位，仅在高原病的预防和治疗方面，青藏铁路各指挥部的医疗设备投人将近一个亿，使高原病的死亡率始终控制在零。这些介绍获得了国际高原病学专家的好评。

8月16日，会议由青海西宁移师拉萨。头两天谈的是藏医藏药对高原病的防治和世界屋脊上最适应高原的土生动物。第三天安排参观当雄草原的中铁十三局的工地。十二辆大轿车穿过堆龙德庆，浩浩荡荡越过羊八井，往当雄草原驶去，沿途的青藏铁路正在施工，却预留了三千多个动物通道，青青的牧场也并未受到破坏。到了中铁十三局的驻处，虽然天空中飘洒着毛毛细雨，但是中英对照的展板仍然引起了国际高原病学专家的强烈兴趣。吴天一教授最关心的是有没有高压氧舱，走进指挥部医院他便询问。

"有啊！"指挥长热情地介绍说，"我们一上来就购买了高压氧舱。"

"一次进多少人？"吴天一教授问道。

"八个人！"

"好！"吴天一点了点头，说，"我们高原病所能进去二十人，需要两百万元，八人舱至少也得投入五十万了。"

有不少外国专家第一次见到高压氧舱，不知其用途，吴天一教授一一解释介绍，就像飞机在高空中飞行一样，高压氧舱能将大气压力增至海平面水平，如果遇上肺水肿、脑水肿病人，只要将海拔水平下降至2000米，病人危重的病情就缓解了。现在当地海拔有4300米，配置了高压氧舱，对高原病人就是一个保护神。听说在青藏铁路上的每个指挥部医院都有一个高压氧舱，外国专家非常惊讶，有的还亲自走进去戴着氧气面罩吸了一会儿，连声称了不起，当看到十三局的医院还配备有世界上最先进的心脏彩色多普勒时，更是佩服之至。

随后，他们专门调阅了十三局医院的病人档案，参观了整洁的食堂。看到医院几公里外仍然有黑颈鹤等野生动物悠然在草原上觅食时，外国友人伸出大拇指说：中国OK（真棒）！青藏铁路OK！

第七章　西藏，人类最后的公园

那洁白的牙齿，那轻盈的微笑。

那月亮的眸子四周轻轻地一扫。

眼角里传来的羞涩的目光，

把我这个年轻人看得心跳。

——六世达赖喇嘛仓央嘉措情歌

天上之湖水蓝蓝

我与圣湖有缘，可是每次走向圣湖之旅都一波三折，准备多年，却一直未能如愿。

前几次进藏，每次都有机会去纳木错拜谒神山圣湖，可最终还是放弃了。心中默默地埋着一个祈愿，最美的风景，最神奇的秘境，须留在最

　　　吉祥天路：见证青藏铁路修筑奇迹

后，一如戏至高潮时，压轴出现的人才是高人名角。

2004 年的 10 月 7 日，连续四年上青藏铁路的采访行将结束，我要去一个地方，一个梦幻般的地方——纳木错。

这次刚到格尔木，我就对青藏铁路建设总指挥部副指挥长才凡说，到了拉萨，请派车送我去一下纳木错。这不仅仅因为此次西行也许是自己最后一次进西藏采访，一个早该亲近和融入的地方，应该与它会晤了，还有一个重要的原因，就是青藏铁路原本欲从纳木错边上通过的，最终却采纳了绕避方案，让它千古的神秘和神奇永留在亘古时空之中。

才凡说，没有问题，这是应该的，只有看过了，作家才有感觉。

那天，青藏铁路拉萨指挥部的吉普车穿过当雄县城，左拐，沿着一条蜿蜒的山道，往念青唐古拉山脚下缓缓驶去，掠起一路风尘。

我们乘坐的车子几经盘旋，朝着念青唐古拉的腹地横穿而过。念青唐古拉，又称唐拉雅秀，连绵一千多公里，横亘于当雄草原上，苍苍莽莽一片雪峰，俨然一个个披白袍、戴白冠、骑白马的格萨尔王武士方队，俯瞰着万千苍生。穿越念青唐古拉垭口，岭之北一片白雪苍莽，与雪山下的纳木错圣湖的蔚蓝色连成一片，交相辉映，如一颗巨大的蓝宝石镶嵌在青藏高原上。我坐在车中一声惊呼，纳木错，这就是纳木错啊，美死了！

我庆幸青藏铁路指挥者超凡的远见和环保意识，未将铁路从纳木错环湖而过，绕避了数十公里之远，隔着一座雄浑的念青唐古拉山脉，这从另一个侧面表明，一个开放的中国逐渐进入了人类环保意识的轨道。

其实，中国人的环保意识，也是随着中国国力的增强而渐次突显出来的。

1998 年的长江大水，一条江牵动十三亿中国人的眼睛，也让国人第一次领略了乱砍滥伐遭受的惩罚和报应。于是，国家领导人及时做出了历史性举措，退耕还林，退草还湖，开始了新一轮保护母亲河和我们家园的活动。

青藏铁路开工之时，在南山口零公里处，出席开工典礼仪式的朱镕基总理谈及青藏高原的生态时，突然脱稿讲了一大段，要求所有的铁路参建者，认真贯彻国务院加强保护青藏高原生态环境的精神，十分爱护青海、西藏的生态环境，十分爱护青海、西藏的一草一木，精心保护我们祖国的每一寸绿地。

总理的两个"十分"，震撼旷野，在巍巍昆仑上形成了历史性的回声，黄钟大吕般地掠过每个人的心灵。

也就在那一刻，铁道部领导心中升腾起一个理念，为保护青藏高原生态不惜血本。因为他明白青藏高原上的每一草每一木，都度过了漫长的时光，是在严酷的环境中生存下来的，在世界屋脊上，与人类形成了一条不可或缺的生态链，一旦遭受破坏，那便是灾难性的，永远也无法恢复。

"春房，青藏高原的生态举世瞩目，世界各国的眼睛都在注视着我们。如果我们的铁路修成了，而生态被破坏了，那我们就是千古罪人。"铁道部领导将青藏铁路总指挥长卢春房叫了过来，说，"这些天我一直在琢磨，我们不但要设工程质量监理，还要有环境监理。"

"这个主意好！"卢春房笑着说，"举凡国内施工，设环境监理的，青藏铁路还是第一家，我们马上落实。"

"环境投资经费还要提高，起码要占整个青藏铁路投资总额的3%—4%。"领导饶有意味地说，"纳木错是西藏的圣湖，林周黑颈鹤可是稀世之鸟，我们的铁路线路能避让，就要尽量避让。"

卢春房点了点头，说："我们正在做方案，绕开林周黑颈鹤保护区，铁路起码要延长三十公里，投资就多了三个亿。遗憾的是可可西里和三江源避不开了。"

"纵使避不开，也要选择扰动最小、影响最小的线位通过。"领导的眼睛遥望着昆仑山，"我们要在世界面前崛起一个环保的昆仑、生态的青藏，过些天，将国家环保总局、水利部、国家林业局、中国科学院和青海、西藏两省区的专家都请上山来，请他们出谋划策。"

"我赞成!"卢春房建议，"在青藏铁路上，就得实行环保一票否定。"

数日之后，中央几个部局和省区的环保、水利、林业专家纷纷上山来了，先后三度上山，对可可西里、长江源、纳木错、林周黑颈鹤保护区进行了科学考察和调研，对自然保护区和野生动物通道等敏感问题，编写了专题报告，对高原植被的恢复与再造技术展开现场试验。

在专家的建议下，青藏铁路避开了纳木错自然保护区，绕道回避了林周黑颈鹤保护区，对于路基施工填土，采取分段集中取土的方案，取土场都在线路二百米以外植被稀疏的地方，挖掘时，先将表面的熟土推开放在一旁，等取土完毕后，再回填覆盖，便道尽量缩小，使其尽量恢复植被的生长能力。

2001年夏天，可可西里清水河实验段刚开始施工，铁道部领导到中铁十二局工地巡视，只见他们的施工便道沿途插上了一排排小红旗，直通取土场和路基工地。

下车之后，领导问中铁十二局指挥长余绍水，这小旗子有何功用。

余绍水答道："做施工便道的标识，忠告司机车只能沿着小旗子拉起来的道路行驶，不能随便驶入荒原。"

"好! 这个点子好。青藏铁路沿线的工地，都应该效此法。"

于是，领导走一路，讲一路，表扬中铁十二局的环保意识已经渗透到普通职工心中了。领导倡导，立即在青藏高原上卷起旋风般的响应，每个指挥部都学十二局，将彩旗插遍辽阔的楚玛尔平原，插至沱沱河、开心岭、雁石坪，插至唐古拉无人区，直下当雄、拉萨，如满天的经幡在飞扬。

有一天，中铁三局沱沱河实验段的草地上出现了两道深深的车辙，指挥长刘登科来检查时蓦然发现了，仿佛是车轮碾碎了自己的心房。"谁干的?"

问遍施工队，没有一个司机敢站出来承认。

"司机驾车碾了草坪，是队里领导督导不力。我要让你们永远记着草原的伤痛。"刘登科将施工队的领导叫到跟前，"既然没有人认账，板子就该领导挨，罚司机的两万元款项队里出，另外队长、书记各罚两千。"

"刘登科罚得好！"温文尔雅的领导听说后，连声称赞道，"青藏高原的皮肤是长了几万年的，一旦损伤，几百年几千年也恢复不了。如果植被被破坏了，就会损坏冻土，最终危及铁路，这是一环扣一环的生态链条。"

领导的一声好，让整个青藏线上一片肃然，环保由被动渐入自觉的境界，融入每个人的意识之中。

这种故事，也曾发生在青藏铁路总指挥卢春房身上。

有一次，他到安多车站检查，因为车站上没有路，所以草坪上有车辗过的痕迹，一向温和的卢春房质问十八局指挥长韩利民："是不是你们的车轧的？"

韩利民一脸窘迫，环顾左右而言他。

卢春房神情肃然，郑重地说："韩指挥长，你在这儿施工，有责任教育你们送材料和路过的车辆，不能轧草坪，你守土有责。如果下次我来检查再发现车辙，拿你是问。"

韩利民尴尬地点了点头，他知道卢春房是一个说了就会落实的人，再不敢怠慢，以后十八局的环保一直做得不错。

2003年5月的一天，卢春房到西藏那曲北边秀岗的一个地方检查，要爬上一个大斜坡，前边是一片尚未返青的草原，四周水网密布，铁路从半坡上穿过。青藏总指的越野车要朝山坡冲上去，被卢春房制止了，找了一个路旁停下，他径自往海拔4600米的山冈上艰难地爬了上去。那个斜坡有二十多度，朝上边爬了一百多米，每个人都气喘吁吁。检查完工作后，大家往下走。司机见卢总下来了，出于好意，驾车去接他，碾着草坪冲了过来。卢春房大声制止，可司机没有听到，在他跟前戛然停下，打开车门，请卢春房上车。

卢春房顿时恼怒了，斥责道："谁叫你开上来的，你轧了草坪，知道吗？"

司机是从格尔木一带招来的，说："我从小在草原上长大，草原未返青时，不怕轧。"

"谁说不怕轧，"卢春房的脸色一下拉了下来，"你能上来，别的司机也可以开车上来，轧个几十遍，你说怕不怕轧。"

"卢总……这……"司机觉得自己做错了。

"你开下去，我不坐你的车。"

司机的脸唰地红了。

进入唐古拉以南的羌塘地界，草场渐渐绿了。各个指挥部在路基取土时，先将草坪整块地取出来，放置在一边养了起来。在唐古拉、安多、当雄、羊八井，中铁十八局、十九局、十三局、五局、二局都养了许多草坪。

而就在这期间，卢春房恰好率中国铁道考察团到西德和法国考察高速铁路，在法兰克福至科隆的路上，列车穿过森林掩映的草地，他看到路基两边都是绿草护坡和草坪水沟，穿越沼泽、湿地时，甚至预留了青蛙通道，人与自然巧妙地融为一体，其生态保护之好，令人赏心悦目。

回到格尔木，他给拉萨指挥部的黄弟福打电话说："国外的生态保护确实走在我们前边，我看了德国高速铁路的自然水沟，很受启发，当雄铁五局那一段草场，自然生态好，也可以搞草坪护坡和水沟啊。"

黄弟福说："我已经让铁五局做实验了，把草坪取出来养着，路基建成了再迁回去，效果很好，正准备向你报告拍板，在当雄一带全线展开。"

"真是不谋而合。"卢春房大力支持说，"你们放手干，有条件的地方，都可以做草坪水沟与边坡草坪。"

黄弟福果然按卢指挥长之嘱，搞了一百多公里草坪护坡与水沟，路基边坡植草成功，既节约了一大笔钱，又与青青的牧场融为一体，成为当雄草原上的一个环保亮点。

青藏铁路驶离安多时，经过一片清澈湛蓝的错那湖，原来铁路的走线紧贴湖边而过，后来，青藏总指决定绕避，尽量离错那湖畔远一些，负责这个标段施工的十九局在错那湖边建起了挡墙，并在湖边种植了几万平方米的草地，将铁路与湖光草场融为一体。

融入芫野，我朝着神秘的纳木错圣湖迤逦而去。从山间沿一条红土山道缓缓而下，穿过一片整洁的藏族村落，再左拐，从念青唐古拉岭北环湖而过，一步一步地走近圣湖。阳光从堆积在雪山之上的云缝里钻了出来，透过贴着棕色膜的车窗玻璃，那一簇簇云团渐次变成了紫红色，令我一阵惊讶。环湖走过，我们直奔纳木错彼岸的扎西岛，越野吉普穿过经幡飞扬旁那一块巨石与山崖劈成的天堂之门，在一堆玛尼石前戛然停下。跨出车门，从玛尼石上摆放的牦牛头中间远眺，一个清澈宁静、与雪山连成一片如蓝宝石般的湖面浮现眼前，我们急不可耐地朝湖边走去。也许因为进入了冷秋，游人并不多，湖边上有几头白色或黑色的牦牛供游人拍照，牦牛的主人望着稀少的游人，无望地守在这片神灵圣湖前发呆。我伫立湖边，波光如镜，湖水清澈见底，湖底小石子清晰可见，雪风掠过，卷起一圈圈涟漪，直扑岸边，如磐钟梵鼓一声声轰然如雷。

纳木错，蒙古语又称腾格里海，语意"天湖"，湖面海拔4718米，总面积1920平方公里。每逢羊年，成千上万的朝圣客熙来攘往到这里转湖，徒步行走，需十多天，若三步磕一个长头地膜拜，则要历时三个月。我的身后就是扎西岛，转身仰望，高不过数百米，因湖面海拔也逾4700米，所以扎西岛的海拔高度不小于5000米。我突然兴趣一来，对与我一起来的两位女士说："咱们上扎西岛吧。"

九曲回廊的阶梯伸向山顶，我们拾级而上，一步一喘，步步升高，蓦然回首间，只见右边的湖泊里祥风掠过，一个巨大经塔的影子浮现出来，我惊呼："快看，快看，湖中映现一个大经塔。"

两位女士回首一望，也惊呆了。渐渐地，经塔变成了一个喇嘛戴的黄帽。果然一派神秘与神奇，我连忙用照相机拍了下来。

走下扎西岛的时候，橙黄色的太阳钻进云层，浮游湖面，圣湖彼岸的念青唐古拉雪雾涌起，云罅中闪耀着温婉的夕晖，落霞好似一面面在雪风中狂舞的经幡，在我的头顶上猎猎狂舞。我念着六字真言"唵嘛呢叭咪吽"走下神山，走向圣湖。

所幸，青藏铁路远远地绕避纳木错几十公里而过，否则将是一个历史性的败笔，好在这个败笔没有发生。

玉珠峰下神灵缘

叶东胜将十一岁的女儿叶靖琦叫到跟前，说："我和妈妈就要上昆仑山了，将你一个人扔在咸阳城里，一家人要分离四年，爸爸妈妈都不在身边，你有什么要求尽管提。"

叶东胜曾在 21 集团军当过兵，在部队没当上军官，便将女儿当作自己的兵来管。从她两岁半起就实行军事化管理，上床睡觉前要将鞋子摆齐，按时熄灯，第二天早晨按时起床，被子要叠成豆腐块，女儿做得不好，他的巴掌就往屁股上拍了过去。有一次真的将女儿打重了，女儿嘟着小嘴说："叶东胜，你把我打疼了。""军阀式"的作风和培养，使女儿的自理能力显著提升。她早已习惯父母在铁道上东奔西走、聚少离多的日子。不过这回毕竟一走就是四年，她仰起头来说："爸爸，我有一个要求。"

叶东胜的回答很干脆："女儿，纵是要月亮，我也给你摘来。"

"月亮我不要。"叶靖琦摇了摇头说，"可我喜欢青藏高原上神山圣湖的风光和精灵一样的藏羚羊、棕熊、雪豹、苍狼等野生动物，你每年下山，必须给我带风光和动物照片。"

叶东胜舒了一口气："我答应你。"

女儿伸出小手指与爸爸的钩在一起。叶东胜笑了，说："还真拉钩啊，身为人父，我哪敢骗女儿啊。"

目送着女儿欢天喜地去上学，叶东胜转身对妻子袁晓丽说："给我取两千块钱来。"

妻子一听丈夫要取夫妻俩一个月的工资，急了，问："干啥用？"

"买照相机。"

妻子摇了摇头，说："你真的要与那丫头片子一块儿疯啊？"

叶东胜点头说："靖琦那么喜欢大自然，喜欢西藏的神山圣湖草地，还有那些小精灵，上去四年，我不想再留遗憾。"

妻子没有再说话，转身给丈夫取来两千元钱，她知道丈夫说的不想留遗憾是什么意思。

叶东胜出身于中铁一局一个铁路职工家庭，父子俩都与青藏高原有缘。西格段第一期工程时，父亲便参加了德令哈地段的路基工程，染了一身病，最后罹患肝癌而亡。父亲咽气时，叶东胜站在病榻前，没有掉一滴泪，他是家里唯一的男孩，面前站着妈妈、姐姐、妹妹，一夜之间他成了家里唯一的男人，得擎起一片天，男儿有泪不轻弹，现在就更不能落泪了。复员回到咸阳后，民政局给了好几个工作单位让他挑，他说我还是子继父业，当一个铺轨架桥的工人吧，踏遍青山人未老，铁轨伸向哪里，就走向哪里，人在天涯。

天涯游子就得承担常人无法想象的忧伤和沉重。1998年过了春节，叶东胜与妻子袁晓丽依然回到南疆铁路的库尔勒—喀什线上，这时，丈夫已经提升为铺架队的领工，轨排装在轨道车上，不断往戈壁深处延伸，离开铺架基地已经二百多公里远了。5月14日那天，南疆戈壁上的天空晴得阳光暖暖的，叶东胜心中的三春晖一样的慈母太阳却殒落了。母亲是一个家庭妇女，平时患有高血压，就是舍不得去看大夫，舍不得吃药，她说我是铁路工人的老婆，知道孩子们挣这点钱不容易，攒着吧，靖琦学习成绩好，上好中学、好大学，要花好多钱。她就这样默默地挺着，挺到生命之灯熄灭前最后一个早晨，突然一头栽倒在地，送到医院，她一直瞪着一双大大的眼睛等待爱子，可最终只撑到了下午两点钟，便撒手人寰，至死也没有闭上牵挂的眼睛。

咸阳的电话当天傍晚就打到基地来了，是妻子袁晓丽接的，妹夫的话说得很委婉："嫂子，请告诉哥哥，母亲的病情有点不妙，能回来就抓紧时间回来。"袁晓丽是心思细密的女人，觉得妹夫话中有话，连忙给远在二百公里外铺轨的丈夫打电话。丈夫的手机没有信号，她只能坐在电话机旁，通过刚建成的小站一个一个地往下传，一直打到了深夜。外边狂风肆虐，大雪纷扬，茫茫戈壁漫天飞雪，她不知丈夫何时能归。第二天丈夫坐一辆大货车回到了铺架基地，夫妻俩就这样忐忑不安地踏上归乡路，一直往咸阳城奔去。

走进那间曾经温馨的破旧的老屋时，叶东胜才发现母亲已经不在，他大声喊着："妈妈你在哪里?!"

妹夫说："哥，我带你去看!"叶东胜跟着妹夫跨进了一辆出租车，直驱医院，他朝着住院部大步流星地走过去。妹夫说母亲不住前楼，而是在后边。叶东胜一愣，三转两拐，跟着妹夫坐电梯下到地下室，穿过长长的甬道，仿佛从人间来到了地狱，灯光暗淡，阴冷的黑风嗖嗖地刮了过来，偌大的地下室里摆着一个个抽屉似的冰柜。妹夫将一个冰柜抽屉拉开了，只见母亲静静地睡着，脸庞上凝固着牵挂，一双慈目尚未全部合上。

"妈妈，你不孝的儿子来看你了!"叶东胜扑了过去，饮泣道，用手抚摩母亲的脸，一片冰凉，儿时将自己相拥入怀的暖意尽失。他躬下身去，试图两次将母亲抱起来，可是却发现妈妈的身体早已僵硬了，任凭他如何贴近，母亲再也不能给他慈母般的抚摸。

"妈妈……"沉默的叶东胜像一只痛失母亲的幼狮一样悲号，"你为何不等我见上最后一面，我知道你有许多话要说，生为人子，我一点孝心也没有尽到啊……"

叶东胜俯首在母亲身上哭泣时，霍然发现母亲的耳朵边凝结了一层白霜，他伸出指头，一点一点地扫，想把母亲耳里的凝霜全都扫出来，让母亲的脸暖和一些。可任凭怎么扫，母亲耳朵里的白霜总也扫不尽，这时他才真正意识到，母亲踏着秋霜白露永远地走了。

伫立在母亲的灵前，叶东胜第一次，也是最后一次痛哭了一场。

叶东胜把对母亲无法挥发的爱，全都倾注到了女儿身上。

到了昆仑山下的中铁一局铺架基地，妻子袁晓丽在轨排厂做航吊工，而叶东胜则是铺架队里的一位领工，他带着麾下的那个作业班，从昆仑山

叶东胜夫妇接受作者采访

下南山口的青藏铁路零公里开始，乘坐一列宿营车，一根桥梁一根桥梁地吊装，一个轨排一个轨排地铺就，朝着雪水河、纳赤台、西大滩、昆仑山、可可西里、楚玛尔河、五道梁、不冻泉一步一步推进。

铺架队实行三班倒，叶东胜干了一个班时，就有一个白昼和夜晚的轮休。于是，他就手执那台国产海鸥单反相机，徜徉在纳赤台上的红柳丛中，踯躅在西大滩的玉珠峰下，镜头对着燃烧的红柳和"胜似闲庭信步"的雪狼。

路轨铺到了西大滩，玉珠峰连绵的山岭早已落雪，皑皑白雪铺盖着一座座山外寒山，雾霭散尽，惊如天人，酷似一位身着白色裙裾的处子，楚楚玉立在朝云暮雨、碎霞长风之中，诱惑着一批批从她身边匆匆而去的过客。

"我要将玉珠峰绝顶最美的风光拍下来，谁愿上山，跟我到玉珠峰顶留下中铁一局的足迹？" 2002 年 9 月中旬，叶东胜开始筹划登顶事宜，归喜军、唐小东、王军强等人报名到了他的旗下，组成五人登山队，没有登山鞋，没有登山服，没有户外登山训练，凭的就是一腔热血，凭的就是对大自然的酷爱。听说他们要去攀登玉珠峰，队里的小卖部无偿提供了五个人的吃喝，铺架队全队四十多个人一一将名字签到了队旗上，希望他们将中铁一局青藏铁路铺架项目部的旗子插在玉珠峰顶上。

那天，天麻麻亮，叶东胜扛着队旗，挎着照相机，便开始进山了。他并非奢望最终登顶，只给自己的四个弟兄提了一个要求，尽量往上爬，能爬多高爬多高。站在西大滩上远眺，玉珠峰近在眼前，也就是几个雪坡相连，屈指可数。可是叶东胜他们一进了山，才发现一个雪坡一公里，山上有山，岭含蓝天，那苍莽的白雪全都冻成了冰壳，像一个鸟蛋把昆仑山包裹起来了。尽管他们没有穿专业的登山鞋，衣服也只是中铁一局自己定做的，但是他们有在寒山缺氧的环境中锤打出来的强健体魄。深入玉珠峰腹地，叶东胜被茫茫的雪国景色倾倒了，一边走一边拍照，白色的雪狐在前方轻灵一跃，狐步翩跹，昆仑苍狼悠然尾随而来，离他们不远不近，走得不紧不慢。他趴在雪地上，留下了一个个激动人心的镜头。

到了下午 3 点，离玉珠峰顶还有四百米。太阳西斜，风从山那边吹来，卷起千堆雪。叶东胜看了看表，如果坚持冲顶，四百米的距离还需一个多小时，下山就要摸黑了，甚至还可能在玉珠峰上冻一夜，帐篷睡袋这些必备的东西，他们都没有。

"找个地方，将中铁一局的旗子插上，证明我们来过玉珠峰。"叶东胜吩咐大家。终于找到了一个椭圆形的冰堆，他们将旗子插了上去，打开背上来的啤酒，庆贺了一番，在队旗下一一照相，然后开始下山。

斜阳已经挂在了西岭之上，刚开始下山的路上，他们还能享受着阳光胭红、乱云飞渡的晴空，享受一种融入和征服的心情。可是等夕阳躲到山后边时，他们下山的路成了阴面，被冻成了一片光滑的冰带，一步三滑，走起来非常艰难，只好小心翼翼地往下走，远不及上山时那样快捷。到了晚上 9 点钟的时候，天色渐渐地黑了，连手电也没有带一个，叶东胜觉得这样走下去，他们到天明也走不到驻地，立即叫大伙扔掉手中的东西，坐在冰坡上往下滑。

已是晚上 10 点了，铺架队长见叶东胜他们还未下山，着急了，立即派出几辆车前去寻找，在他们登山的入口，所有的汽车都发动起来，远灯全部打亮了，照射着他们下山的路。晚上 11 点多钟，叶东胜一行终于安全返回，食堂专门为他们炒了几个菜，以示庆贺。

数日之后，叶东胜把在玉珠峰拍的照片寄给了女儿靖琦。女儿被这种美丽的风光诱惑了，给爸爸妈妈打电话时，一个劲地吵着要到昆仑山，到可可西里看看。

2003 年的暑假，叶东胜与妻子商量，既然靖琦这般喜欢青藏高原，喜欢神山上的精灵，就让她来南山口的铺架基地度一个暑假，夫妻俩奢侈了一回，让女儿独自坐着飞机过来。那时，叶东胜铺轨已经到了楚玛尔河，正在穿越可可西里，由于山上太忙，他没有时间下昆仑来看女儿。恰好有一天，一只在半空中歌唱的百灵，突然折翅莽原，脚和翅膀受伤了，但是它仍然不停止嘤鸣。叶东胜路过时，偶然发现这只受伤的小鸟孤独地在寒风中凄叫，便将它捡了起来，装进一个报废的空气离心器里，权当鸟笼。他知道女儿爱鸟如命，就托一个下山的人带下去，交给靖琦，并附有一张纸条：百灵鸟翅膀和腿伤痊愈之日，便是放飞之时。

靖琦获得了这只美丽的百灵，爱不释手，怜悯情怀油然而生。她找卫生所阿姨要来红药水和药膏，精心地为它擦拭疗伤，认真地喂养。百灵鸟的伤势一天天好起来了，每天从早晨就开始在笼中歌唱了，小靖琦算好了日子，等着爸爸下山来的时候，就一起放飞百灵，让它与百灵妈妈去团圆。

爸爸从楚玛尔河下来时，女儿听说昆仑山有雪豹出入，希望能看到爸爸亲自拍到的雪豹的照片。

无独有偶，就在叶东胜与妻子女儿相聚几天重返可可西里时，有一个休息日，他到荒原上拍旱獭，不经意与远处的雪山靠近了。走到一座雪峰的下风口，有一低洼处，离自己不到五十米远，惊现一只像藏野驴一样大的动物，横卧在山冈上，叶东胜以为是一匹藏野驴，就悄然抵近拍摄。簌簌而行的脚步声，惊动了那只野兽，它跃身而起，在惊慌中划过雪坡，朝着他扑了过来。就在那浑身的光带跃然凌空时，叶东胜身上的冷汗吓出来了，这只动物根本不是藏野驴，而是他从未见过的雪豹，背脊是棕色的，肚皮上有一块块白色的斑纹，就是可可西里的雪豹，这可是百年难遇的啊。胆大过人的叶东胜对准镜头，想将这只罕见的闯入自己视野的动物拍下来。

也许他太心急了，当雪豹如猎隼似的凌空一跃，朝着雪坡下的叶东胜冲下来时，蹲着拍摄的他才发现大事不妙，扭头就跑，一口气跑了五百米。蓦然回首，那只雪豹在阳光下又大摇大摆地往雪坡上转身入山了。不行，非要抓拍到它不可。叶东胜横过山坡，想从另一个山头上居高临下地堵住雪豹，拍摄它在雪野上漫步的画面。他朝它徐徐逼近，可还是被它发现了，这时雪豹开始狂啸，脚下生风，掠起一片白雪，朝着叶东胜风驰电掣般地扑过来，叶东胜明白雪豹这回是与他玩真的，转身就朝着雪山下跑。他人高马大，又受过系统的军事训练，体力尚佳，一口气跑了三百多米，朝着铺轨的地方跑了过去，一脚踩空，踏到了旱獭的洞里，一个跟斗摔倒了，手中的照相机也摔得老远。铺轨的弟兄们发现了他，喊道："叶领班，啥事嘛，这么慌张，脸都白了？"

"雪豹，山上有雪豹！"叶东胜气喘吁吁地惊呼。

胡国林、王志平等四个轮休的兄弟，听说有雪豹，忙拿着照相机和望远镜跟过来。人多胆壮，心有余悸的叶东胜也不怕了，他挥了挥手说："咱们一定要拍到雪豹，好给孩子和家人们看看。"

五个人悄然追了过去，在离它五百米的地方，用望远镜一看，那雪豹足有一张床那么长，像只小黄牛一样高，见人撵了上来，它便往雪山上撤退，与叶东胜他们的距离始终保持在五百米左右。他们从一个山沟尾随至另一个山沟，但是雪豹就是不让他们近身，叶东胜只好望豹兴叹，远远地拍了几张远景照，怅然而归。

回到昆仑山下时，女儿两个月的暑假就要结束了，他将自己拍摄到的雪豹的照片给靖琦看，女儿高兴了好些天。

叶东胜的铺架队伍正一步步向唐古拉挺进，他在青藏高原上拍摄了三千多幅照片，他说等青藏铁路落下帷幕后，他要在咸阳城里举办一次青藏铁路风光和动物图片展。

神山灵物父女缘，跃然青藏间。

动物天堂的生物链

可可西里的落雪停了。太阳西坠，乌金躲入云罅，一抹余晖洒在可可西里的莽原之上。中铁十二局青藏铁路指挥部七项目部书记邬泽满一辈子也忘不了那个日子，2002年6月2日的日暮黄昏，他与一群地球精灵偶然相遇。

当时，他乘坐的越野车上了路基，远处楚玛尔荒原上暮霭四合，可天穹仍旧透亮，极目之处，莽原与云天接在一起。驾车的张师傅眼观八方，突然发现路基以东的地平线上，碎霞中飘动着一片浮云，或成点点浮光，或为簇簇红柳，或像天马横空，像湖水一样漫漶着，隐隐约约，朝着路基方向涌动。

"邬书记，你瞧，那是什么，像涨潮的湖水漫过来了。"张师傅惊呼着，一脚将刹车踩住了。

邬泽满的头朝挡风玻璃处伸了伸，远眺荒原，只见那片浮云，那片潮水，簇拥着，渐次放大，从遥远的地平线上漫向了路基，让人看得有点眩目。他边看边吩咐道："张师傅，掉头，回项目部拿望远镜。"

一会儿的工夫，邬泽满重新站到了路基之上，调好望远镜的焦距，朝着远方那片浮云遥望。

天啊，这是藏羚羊！

邬泽满看到，成千近万只藏羚羊积成黑压压的一片，每只藏羚羊都没有角，屁股一片白色，像片片白云在流动，如潮汐一样涌了过来。领头的几只藏羚羊如尖兵伸向远方，又掉头回去，彷徨，徘徊，试探着，来来回回。它们每向路基靠近一点儿，又惊惶地退了回去，熙熙攘攘，反反复复，四处张望，犹如一只只惊弓之鸟，遇有风吹草动，便逃之夭夭。

"是产崽的藏羚羊，清一色的母羊，有近万只之多啊！"邬泽满感叹道。

张师傅接过邬书记手中的望远镜一看，惊呼道："天啊，有这么多，全都是白屁股，怎么这么胆小，来来回回横着跑，朝前啊！"

张师傅的自言自语提醒了邬泽满，他立即给中铁十二局青藏铁路指挥部余绍水打电话，说有几千上万只藏羚羊，堵在铁路路基的东边，焦急地张望，很慌乱，不知怎么回事。

"我们不是预留了藏羚羊通道吗？"余绍水询问道。

"可这些小精灵不敢过呀！"邬泽满答道。

"你们守在那里，我马上赶过来。"余绍水叮咛道。

邸建玄总工也给局指党工委副书记师加明打电话，让他过来看看。

一会儿，中铁十二局青藏铁路指挥部的领导纷纷赶到了楚玛尔河的路基之上。身材魁梧的余绍水跳下车来，风风火火地走到路基边缘，问道："藏羚羊在哪儿？"

邬泽满朝着前方一指："就在前边！"

余绍水接过他递过来的望远镜，只见近万只母藏羚羊正在彷徨，潮水般地堵在路基一侧，踯躅不前。远眺黄昏下奇特壮观的景象，一向干练果断的他也坠入云里雾里，迷惑不解。他转身对身边的七项目部经理李庆光说："这里的施工暂时别停，我到索南达杰保护站询问情况，看究竟是怎么回事。"

余绍水驱车朝离七项目部不远的可可西里索南达杰保护站驶去，恰好保护站里的藏族同胞达吉·戈玛才旦在值班。已经是老熟人了，余绍水率领的队伍一到可可西里就拜访过他们，还捐了数万元帮他们安装了卫星电视转播台。未经寒暄，余绍水便向他们反映在路基的东边有大批的藏羚羊，不知怎么回事。

"哟，是藏羚羊要从这里通过，到卓乃湖去产崽。"达吉·戈玛才旦解释道，"每年这个季节，它们都从东边青海的扎陵湖而来，往西到卓乃湖旁。这是一条长途迁徙的通道，有几千里之远啊。"

余绍水不解，问为何从东到西跑这么远去产崽。

达吉·戈玛才旦解释道，藏羚羊从扎陵湖到卓乃湖的千里产崽通道，是一个亿万年形成的生物链，从喜马拉雅山造山运动形成时就存在了。藏羚羊的主要栖身地是青海的南部、西藏北部和新疆西部海拔 3000 至 5000 米的荒原上，20 世纪初有百万头之多，体形优美，身姿敏捷，时速可达 80 公里。但自从 80 年代欧美贵妇人竞相追逐以藏羚羊绒做成的"沙图什"披肩后（一条披肩价值几十万美元），它们便成了猎杀的对象，如今已锐减到了五万头。但是它们仍然执着地从青海南部和藏北的扎陵湖一带，往可可西里腹地的卓乃湖迁徙，途中，恰好是春天交配的季节，一场嬉戏追逐过后，怀胎的藏羚羊腹部渐次隆起，就像怀孕的母亲去医院分娩一样。卓乃湖是最好的产崽之地，因为卓乃湖的水和周围的草乃至土壤含有丰富的维生素和盐分，母藏羚羊吃了草，喝了湖水后，特别下奶，供幼仔吃绰绰有余。由于奶水过剩，雌藏羚羊浑身难受，就在草地上打滚，奶水四溢，饱胀感消失后，藏羚羊也就舒服了，但是遗落在萋萋芳草里的奶水和羊膻味，会引来各色各样的鸟群和别的动物，它们将藏羚羊的奶视为最美的佳肴，鸟粪和动物的粪便，又使卓乃湖的青草长得极其茂盛，成了产崽期间藏羚羊的主要食粮。这种由藏羚羊产崽所引起的鸟与其他动物的生物链，千万年间轮回传承，亘古不变，其中任何一个环节断裂，物种就会灭绝，人类生存的生态环境也将最终毁灭。

余绍水点了点头，原来穿越可可西里腹地这条路是它们每年夏天必经之途，青藏铁路在楚玛尔河设置动物通道时，考虑更多的是藏野驴、灰狐狸和棕熊，未承想到楚玛尔河也是藏羚羊的唯一通道。沉默了片刻，余绍水问达吉·戈玛才旦，为何藏羚羊不敢逾越路基。

"这种情况，我们也是第一次碰到。"达吉·戈玛才旦颇觉茫然。

"跟我们到现场看看，一起想办法。"余绍水邀请达吉·戈玛才旦和他的同事们一起上了七项目的路基。

达吉·戈玛才旦接过望远镜一看，惊呼道："尽是白屁股，都是母藏羚羊，瞧，肚子都隆起来了。"

余绍水想会不会是彩旗的问题，立即通知工地所有的人员，拔掉路基跟前所有便道上的彩旗。然后发现，藏羚羊朝路基方向靠近了三四百米，又踟蹰不前。

"怎么回事，这藏羚羊到底怎么回事，为何这样胆小?"余绍水有些焦虑不安了。

"余指挥长，我有句话不知该说不该说。"达吉·戈玛才旦突然走到余绍水身边。

"请不妨讲来，只要能让藏羚羊顺利通过。"余绍水心胸宽阔地说道。

"恕我直言!"达吉·戈玛才旦坦陈了自己的忧虑，"可能是你们施工的机械轰鸣声，让藏羚羊有恐惧感。"

"哦!"余绍水沉默了，达吉·戈玛才旦的一句话让他有点进退两难，他挥了挥手，说，"先回去吃饭，总能想出一个两全之策。"

余绍水虽然人回到了中铁十二局的指挥部，可心仍然牵挂在藏羚羊迁徙的通道之上。停工，这两个字似有千钧之重压在他的心上。停多长时间藏羚羊才能越过路基?青藏铁路可是以工期为上的，每天的工作都是倒计时，停工影响了工期，他这个指挥长可是要吃不了兜着走的。再说，六七个项目部都横在楚玛尔河通道上，一停工，两个项目部加在一起近两千人，一天损失就达到一千二百万，这可是一件棘手的事情啊。

吃过晚饭，天还未黑下来，楚玛尔荒原上一片寂静，西边遥远的地平线上燃烧的金帐缓缓垂下，黑夜将临。余绍水又叫上公安处长，驾车上了七项目部的路基，让司机熄火关了车灯，一个人在路基上看。藏羚羊仍然在离路基不远处徘徊，就像一个个欲去医院分娩的母亲走投无路，灰蒙蒙的一片在流动，渐渐地被黑暗吞噬。它们会在夜的冷风中伫立多久？此刻，黑夜拉长了一个巨大的问号，在叩问他的心扉，停工，还是不停工？到底要停多少时间？如果他一旦下了停工的命令，两个项目部的经济损失最终又让谁来弥补？但是夜风之中，飘来了藏羚羊凄怆的咩叫，这叫声突然唤醒了一个铁血男儿的柔情世界。

余绍水几乎是夜里 11 点才回到了指挥部，他对办公室主任说，马上通知六、七项目部的经理和书记来局指开会。

办公室主任一愣，知道余指挥长已经下了停工的最后决心。

没多久，六项目部经理孙永刚、书记王电锁，七项目部经理李庆光、书记邬泽满，先后走进了会议室。局指总工邸建玄、党工委副书记师加明、一位副总工程师和管环保的处长全部到会。看大家落座后，余绍水马上拍板，掷地有声说了一句话："六、七两个项目部全部停工！给藏羚羊让道！"

望着指挥长，所有的人都怔住了。

"这个决心下得很痛苦，很悲壮！"余绍水说，"我站在路基上看了半天，看到藏羚羊跑过去、返回来，就是不敢逾越路基的痛苦样子，实在不忍心。这可是天堂里的精灵啊，就像一个个孕妇要到医院去生孩子，却被红灯挡了，这是对生命的亵渎，太残酷了。达吉·戈玛才旦说得好啊，这不单单是一个藏羚羊产崽的通道问题，而是动物与自然、自然与人类的一个千万年的生物链。大家想想，如果藏羚羊的产崽之道阻塞了，物种灭绝了，总有一天，人类也会万劫不复，天上黄河，流过我们家门口的长江之水，都会干涸。因此，无论多大的经济损失，我们十二局人担着。我宣布，从 6 月 3 日零时起，六项目部、七项目部工地上所有机械、人员全部撤下来，给藏羚羊让出通道。"

李庆光问了一句:"正在打桥墩孔的'贝尔'旋挖钻也撤吗?"

"不但旋挖钻撤,"余绍水斩钉截铁地说,"包括推土机、压路机、装载机、大型自卸机,统统撤下来,连彩旗也全部拔掉!"

6月3日凌晨4时,六、七项目部工地上的所有机械全都撤下来了,楚玛尔河二十公里的地段内恢复了属于可可西里的亘古死寂,静得只有寒风的呼哨,掠过千古如斯的莽原。

这天,楚玛尔荒原上下了一场大雪,白茫茫的一片,伸向遥远的天边。师加明按余绍水的要求,带着各个项目部的书记,组成了保护藏羚羊巡逻队,戴着红袖标在藏羚羊通过的地方巡逻。师加明与两个人悄然潜伏在路基旁边的寒雪中,荒原上飞舞的狂雪将他掩埋了,与白雪连为一体。早晨5点多钟,天蒙蒙亮了,也许是骤然消失的机器轰鸣让藏羚羊找回了惯有的寂静,也许是纷扬的飘雪掩埋了路基,曙色将至,只见一只领头的藏羚羊轻灵地爬上了路基,像一个侦察兵似的四处张望,觉得没有什么危险了,又悠然地走下去,与藏羚羊的王后窃窃私语。一会儿,几只游动的前哨上来了,战战兢兢、畏畏缩缩试探着爬过路基,向路西方向轻车熟路地走了下去,一拨又一拨的藏羚羊爬上了路基,眺望着穿越路基的前卫哨是否跌落陷阱,随后又反身踅了回去。

师加明将拳头擂在雪地上,差点喊出了声来:"快过啊,藏羚羊!"

埋伏在一旁的一个警官说:"师书记,我从后边去赶。"说着便跃身要起。

"兄弟,使不得,你一赶,就前功尽弃了!"师加明一把拽住了他的手。

三五成群,几只体壮胆大的藏羚羊又爬上来了,一只牵头,站在路基上转悠了一会儿,然后迅速地跃下了路基,朝着广袤的可可西里蹿了过去。

"一只,两只,三只,四只,五只……一群,两群……"那个警官分

　　吉祥天路：见证青藏铁路修筑奇迹

外激动，大声说，"师书记，过去了，过去了！"

"嘘！"师加明提醒他小声点。

中铁十二局整整停了七天工。数万只藏羚羊分成一个个酋长部落，在天麻麻亮的拂晓，在暮霭如潮的黄昏，悄然越过路基，向着可可西里腹地的卓乃湖跃进。

在这一周时间里，十二局职工摸清了藏羚羊过路基的时间，每当早晨 6 点至 10 点，晚上 7 点至 10 点，他们就将横穿楚玛尔河的青藏公路上的车辆都挡住，所有上青藏的人都给藏羚羊让道。

到卓乃湖产崽的藏羚羊过去了，余绍水马上下昆仑山到总指挥部向卢春房总指挥建议，将楚玛尔河藏羚羊越过路基的斜坡，改成阶梯样的，缓缓而上，不要像原先修得这么陡。

"好，绍水，这个建议好！"卢春房点头应诺，"马上让铁一院修改设计。"

一个多月后，楚玛尔河路基上的斜坡，纷纷变缓了。

翌年的 6 月 2 日，中铁十二局在楚玛尔河的主体工程已落下了帷幕，只有零星的线下工程，但是余绍水仍然命令停工一周，给藏羚羊让道。

藏羚羊还会不会像去年那样在路基前犹豫不前？青藏铁路总指指挥长卢春房专门从格尔木上山来，站在楚玛尔河畔，极目远望，只见这群天堂的精灵轻灵跃过路基，向着卓乃湖而去，再没有了胆怯，再没有了彷徨。

卢春房笑了！

终章　古城、高城、净城、圣城

也许今生注定要被苍茫青藏掳魂而去。

2006 年 7 月 1 日，当我的老首长阴法唐一家坐着火车，从北京零公里始，向拉萨驶去的时候，我正坐在中央电视台四频道播出大厅，作为嘉宾，与鲁健和一位藏族博士一起，参与青藏铁路开通时向全世界的直播。

美国旅行家保罗·泰鲁曾经断言，有昆仑山脉在，铁路就永远到不了拉萨。可是，此时，我在央视直播室里看着进藏列车由胡锦涛总书记剪彩后，拉响汽笛，从格尔木城缓缓驶出，向着昆仑雪山，向着可可西里疾驰。保罗·泰鲁的断言破灭了，中国的列车驶过了昆仑山，世界工程师们惊呼，这是人类工程史上的一个巨大工程，令西方许多大国望尘莫及。

我说这段话时，恰好是在央视直播的第一时段，在长达三个半小时里，我开始讲青藏铁路采访的故事，讲那些平凡的筑路人的平凡梦想，唯有这些小人物的故事，才是真正意义上的中国故事。

昆仑在望，几回梦里回昆仑。记得当年我欲入青藏高原沿途征求写作意见，夫人和女儿与我同行。上青藏路时，中铁十七局常务副指挥长徐东安排我们一家乘坐越野车入拉萨城。那天清晨 5 点半，一如我第一次随阴法唐老人上青藏高原一样，我们也是在这样的明月晓风中，也是从格尔木青藏铁路零公里路碑处始，一路向西、向西，过清水河大桥，入红柳滩，往玉珠峰驶去。其时，一场秋雪落了好几尺厚，玉珠峰白雪覆盖，宛如一个藏家新娘浑身挂满哈达，正在迎接我们。清晨的阳光洒在雪地上，映衬着天边之蓝。在玉珠峰前拍了照片之后，我们继续往上，伫立于海拔4767多米的昆仑山垭口界碑处，留下了一张全家照后，便驰骋可可西里了。越过楚玛尔河，向五道梁一路长驱。跨越风火山，中午至沱沱河，流连于长江源纪念碑和长江源头第一桥上。沱沱河水奔流依旧，今日不见故人风雪归，却有徐郎一家独行，唯见长江源头公路桥与铁路桥远远对峙，辉映成为一个时代的剪影，由不得感慨万千。随后，我们一家继续上路，过开心岭，入雁翅滩。晌午时分，抵达驻在唐古拉山兵站部里的中铁十七局指挥部，登上二楼时，海拔骤然飙升至5100米出头，夫人与女儿竟无高原反应，而且大快朵颐，令我极为振奋。随后，我们告别唐古拉山兵站部，翻越唐岭，向着万里羌塘草原疾驶。傍晚时分抵达当雄县城时，我问夫人要不要去纳木错一观。司机是一位铁道老兵，长我两岁，见念青唐古拉那根拉山口乌云密布，劝道："徐主任，那根拉山口正在下雪呢，可能看不见纳木错。"我问夫人还去不去，夫人道："为何不去，我们早晨五点半便行，如此虔诚，上天会眷顾我们的。"

去！我挥了挥手道。

上山之后，果然如司机所说，念青唐古拉天穹如盖，黑幽幽的，大灯打开才能照见路面，却也只犁出十米远，且一路狂雪飞舞。此时，我才心生恐惧，如果车滑山沟里，那我们就会被冻死。所幸，铁道老兵驾车技术甚好，沿着雪路缓缓而行，开出二十公里，一个藏族村子浮现于地平线上。此时，突然云罅裂开，艳阳斜照下来，前方天际深蓝。我说真是好运气。我家夫人乃南方人，哈哈大笑说："徐剑，你跟我来，那是好运啊。娶我，真是磕头碰着天了。"

呵呵！我仰天大笑，连连称是。

　　吉祥天路：见证青藏铁路修筑奇迹

这就是我家人的青藏之缘。

其实，在头天晚上央视国际频道九点半的热点栏目《今日关注》中，我与鲁健、藏族博士，以及中铁二十局青藏铁路项目部总工任少侠一起做过直播，算是一场预热。当时，我穿了一件米色 T 恤出镜，经常抢话题，侃侃而谈，一点也不怯场，编辑甚为满意。远在昆明的老娘从电视中看到了，甚喜。回到家里，夫人却说我在电视屏上太抢话题了，不知道低调。此见，我记住了。且第二天上午是全球直播，因了是一件国之大事，隆重、庄严，节目要求所有嘉宾穿正装。我因多年不穿西装，扔在衣柜里的西装被虫噬了两个洞，且在肩膀处，夫人与女儿坚决不让穿。到了央视，鲁健只好将同事的西装给我穿上，并扎上领带。那天上午，我谨记夫人头晚的提醒，别太抢话题，鲁健问什么，就答什么，并不率先挑起话头。第一时段下来，编辑颇不满意了，说今天上午不如昨晚表现好，太循规蹈矩了，要主动抢话说，你太懂西藏了，那么多的故事，此时不说更待何时。我打趣道，今天打了领带，勒住了脖子，让我难以发挥，除非晚上这一场直播让我穿 T 恤，人就自由放松了。编辑居然答应了。那天晚上，我的正装里居然穿了一件 T 恤，坐在央视国际频道的直播室里，谈筑路人的故事，谈西藏的风情、宗教地舆，谈圣湖纳木错。直到凌晨一点多钟，首列火车徐徐驶进了拉萨城。

拉萨是一座古城，已经有 1300 多年的历史，如此文化遗存，宗教建筑保存如此完好，风情千年依旧，可谓世界独此一座；它又是一座高城，海拔在 3700 米左右，仁立于世界屋脊之上，雄睨寰球，也是独此一座；它还是一座净城，金庙之上，高天如洗，呈宗教蓝，长号呜呜，梵音嘹嘹，祥云袅袅浮现于天际，犹如一只只仙鹤衔哈达而来，格桑花在一片纯净的空气中绽放，庶无污染；它更是一座圣城，佛教自西天梵国传至雪域，不染他说，独成一脉，与内地大乘、小乘佛教的教规迥然有别，形成独特的藏传佛教，且历史从未间断，并与梵蒂冈、麦加一起形成了世界三大宗教圣城。

那天凌晨，我看着火车徐徐驶进了拉萨城，古城、高城、净城、圣城在我的视野中渐行渐近，于我，于我的家庭，都是一种无法了结的西藏缘定。

青藏铁路通车之后，深圳电视台为纪念改革开放三十年，一年选一个事件，共拍三十集，专门邀我坐着火车进拉萨，在车上讲青藏铁路建设的故事。我于2007年12月31日，再次从西宁上车，一路西行。车过唐古拉时，我在列车上讲起了青藏铁路建设者的故事，制作团队专门拍成了一集纪录片《2006年，有个车站叫唐古拉》。这是我继青藏铁路开通之后，又一次进藏。

2011年，国家电网公司在青藏高原架设了一条±400千伏的直流输电线路，他们找到了我，说你既然写了地上的吉祥天路，再写一部天上的雪域天路吧，邀我再度入藏，续写青藏路上国家电网人雪域飞虹的故事。那次采访落幕时，我提出来要去憧憬已久的西藏宗教地位最高的圣湖拉姆拉错一观，这是寻找达赖灵童的观相圣湖，凡人要去三回，才能看到自己的前世、今生和来世。

2013年，时任拉萨市委书记齐扎拉主持拉萨八廓古城改造。工程竣工之时，他找到西藏文联主席扎西达娃，想请一位报告文学作家来写八廓古城改造，扎西达娃第一个想到的便是我，于是我又一次入拉萨圣城。采访结束时，我提出了一个不情之请，希望到雍则绿错一览圣湖之迹。经过八个小时的跋涉，终于登上了雪山和圣湖之巅，看到连连神迹。

反映八廓古城改造的长篇报告文学《坛城》杀青之后，去年10月，齐扎拉书记又请我去补充采访，十天采访结束后，我在电网专家的陪同下，偕夫人和女儿去一直想去的"麦克马洪线"东段察隅考察，归来时，一起去了拉姆拉错，这是我第二次观圣湖。当我与女儿登上圣湖的看台时，仰望天穹，一只神鸟从天空中悠然掠过，这是我一生中看到的最漂亮的神物——吉祥之鸟，倾尽天下之辞，我无法比喻和形容它的美。回到北京之后，我翻遍西藏鸟谱，居然找不到这只神鸟的图谱，后来，我将此事讲给鲁迅文学院同学、青海作协主席梅卓女士时，她说，你不要再找了，这是一位神人转世而来的……

神迹连连，仙鸟惊为天人。这已是我第十八趟入藏了，越去越顺，越顺越去，从此就遇吉祥满天。路如斯，城如斯，湖如斯，人亦如斯。

魂牵艽野，我的生命之魂随着时光之弧而翩跹。

我回想起在青藏铁路采访的日子。

许多个这样平常的日子，我鼻孔里插着氧气管，静静地听着普通筑路女工们潜然泪下的倾诉，情至深处，我也不禁哽咽饮泣，她们是母亲、女儿、姐妹，善良、柔弱、博爱。自从英雄、奇迹、激情这些字眼在我们的生活中被解构，渐渐从主流语境里抹去以后，我以为自己已变得麻木，坚硬如冰，不会再被感情的湍流所裹挟，不会再有感动。可是一上到青藏铁路，静如止水的情感世界，突然如大风起兮般地涌入一幕幕奇异风景和一曲曲天地浩歌，卷走砾石，拂去风尘，重现感情之潭的纯清和波澜。

许多个这样宁静的夜晚，我也曾与筑路男儿坐于一个简陋的酒肆，三杯两盏淡酒下肚，凝视着与我同龄甚至岁数更小的他们，话语触摸情感痛处。坚硬铠甲掩饰下的男人们个个侠骨柔肠，突兀展现他们脆弱的一面，怆然落泪，我也一露无遗，不经意地拭去泪痕，极力地想挽住身为男儿的最后一点面子，但是撑着的男人面子最终被情感轰鸣的大潮击成碎片。

西藏，我在寻找什么？雪域，究竟给了我什么？十八趟西藏之旅，我寻找到了什么？

2006年青藏铁路通车时，中国西藏信息中心的《西藏之子》为我做网页时，选了我说过的这样一段话：

"西藏最打动我的就是它的高度，一种生命极限的高度，一个民族精神的高度，还有一种文学高度，在那块土地上，可以寻找回我们已经丢失很久的一种精神、一种境界、一种价值、一种信仰、一种执着、一种虔诚、一种真诚。所以说，寻找一个民族的精神海拔，青藏高原也许是最后的高地。"

十八趟西藏之旅，我究竟在寻找什么，找到了什么，其实就是八个字：敬天畏地，悲天悯人。

一条穿越莽苍的青藏铁轨，搭成通向佛国、天国的天梯，从上仰望，吉祥天路，犹如挂在唐古拉和莽昆仑之上的哈达，将西藏与内地、人间与天堂连接在了一起，成为我前世今生的前尘约定。

2017 年 6 月 22 日完稿于青岛海军第一疗养院二科 808 室
2017 年 7 月 13 日再次改定于永定河孔雀城棠野园剑雨斋